WOMEN PLOT
Sharing Inspiring Women Stories

L'ULTIMA ESTATE

Le parole non dette

Francesca Riva

WOMEN PLOT

Prima edizione in "Emerging" settembre 2021
ISBN: 9791280593153

Illustrazioni: Maria Sole Costanzo

Il catalogo completo delle edizioni Women Plot può
essere trovato al sito www.womenplot.com

L'ultima estate

Le parole non dette

*Dedico questo romanzo alla me bambina,
la cui immagine custodirò sempre
gelosamente nel cuore.*

*A quella bambina che, tutt'oggi, mi
permette di guardare al mondo con la
stessa meraviglia e stupore di qualche anno
addietro.*

*A quella bambina che non ha mai demorso,
credendoci fino alla fine, nonostante tutto.*

INTRODUZIONE

Quando mi chiesero perché avessi iniziato a scrivere mi domandarono se fosse per i soldi o per la fama, smorzando ogni entusiasmo per un'arte che, credo fermamente, abbia il potere di ispirare, far sognare e avvicinare gli animi, nonché infondere speranze e risvegliare desideri sopiti. Questa non è la storia di un'eroina, né la biografia di qualche attore hollywoodiano o di un illustre intellettuale.

È la storia di una ragazza piena di sogni e di speranze, entusiasta nei confronti di una vita che non sempre regala sorrisi e che farà di lei una sopravvissuta.

A chi lotta ogni giorno, a chi lotta contro la malattia, contro la cattiveria della gente, contro i pregiudizi e le malelingue.

A tutti coloro che, nonostante le cadute, sanno rialzarsi più forti di prima.

1

Passeggiavo per le strade di New York tra i viali alberati, i grattacieli futuristici e le vetrine luccicanti dei negozi d'alta moda; ogni angolo mi ricordava la scena di una pellicola diversa, tanto da avere l'impressione di trovarmi su un vero e proprio set.

Ero arrivata in America piena di sogni e di aspettative senza, tuttavia, dimenticare quel porto sicuro chiamato casa.

Il sole di fine agosto illuminava i marciapiedi della Grande Mela, riscaldando con il suo piacevole tepore l'aria di quella metropoli così viva, così piacevolmente briosa.

Central Park era uno dei tanti luoghi che, fin da piccola, avevo avuto occasione di ammirare grazie alle riviste di viaggio; solo ora, tuttavia, mi rendevo conto di quanto quegli scatti, seppur realizzati dai migliori fotografi al mondo, faticassero a rendere giustizia allo splendore di quella immensa realtà.

Camminavo lungo i viali, inebriata dalla dolce fragranza della fioritura stagionale, dando un'occhiata furtiva ai passanti del momento, tra cui gli appassionati di jogging e le giovani coppie innamorate, prese a scrutarsi negli occhi, mano nella mano, un po' barcollanti per quanto poco interessate a prestare attenzione di fronte a sé.

Vagava solitaria anche qualche bicicletta, di quelle decorate con dei cesti floreali, riportandomi così alla mente gli anni adolescenziali, per me indubbiamente i più belli e i più preziosi. I tempi di quando al manubrio percorrevo le spiagge della Versilia, in Italia, durante le tanto agognate vacanze estive, libera da ogni pensiero, ansia o responsabilità che non derivasse dalla scuola.

Poi c'erano coloro che rilassavano la propria mente e il proprio spirito con un piacevole giro in barca, attorniati dal verde rigoglioso di uno dei più famosi polmoni della East Coast, con qualche chioschetto di hot dog sparso qua e là.

Tornai verso il cuore pulsante della città trovandomi a scrutare di nuovo, questa volta con meno interesse, le vetrine del centro quando un riflesso catturò la mia attenzione. Era una ragazza esile, statura media, chioma castana; due grandi occhi verdi concorrevano a dare risalto all'incarnato pallido, alcune ciocche ribelli sfuggivano all'acconciatura che le incorniciava il volto, ricadendole lungo le spalle larghe. Mi scrutai assorta, le labbra rosee, la carnagione luminosa, il collo lungo, frutto di anni di allenamento, la schiena ampia e la vita stretta, pensando a quanto fossi cambiata negli anni. La totale spensieratezza dell'infanzia, la felicità incondizionata dell'adolescenza avevano lasciato posto a una consapevolezza decisamente più disincantata.

Nella vita di ciascuno arriva, prima o poi, quel passaggio obbligato alla giovinezza, quel punto di non ritorno che spinge, ineluttabilmente, a scontrarsi con le responsabilità dell'età adulta; stavo crescendo diventando, a poco a poco, una persona diversa da quella a cui ero abituata, una me completamente nuova che avrei imparato a conoscere e, soprattutto, ad accettare col passare del tempo.

La parte più impulsiva di me, la più istintiva, bramava incontenibilmente la vita, affamata di nuove esperienze; l'altra, al contrario, la più insicura, la più timida e paurosa sembrava rifiutarne ogni possibilità, crogiolandosi nella malinconia degli anni delle utopie e dei sogni. Un conflitto interiore che infuriava nel profondo del mio animo già da tempo e il cui esito appariva tutto fuorché scontato; ero un'incorreggibile sognatrice, lo ero sempre stata, e lasciar sfumare quella parte così caratterizzante di me stessa per dare spazio a una personalità più concreta non sarebbe stato semplice.

Sospirai mentre iniziai a mordicchiarmi il labbro, irrequieta, perdendomi in quello che ero solita definire il "turbinio continuo dei pensieri".

"Irrequieta" era la parola giusta; un senso di indescrivibile irrequietudine mi pervadeva ormai da giorni, portandomi a immaginare la mia figura stagliarsi su un oceano di infinite opportunità, protesa sull'orlo di uno sperone roccioso, freddo e inospitale, col rischio di precipitare negli abissi più profondi.

Un'immagine romantica, simile alla composizione del pittore tedesco David Friedrich *Viandante sul mare di nebbia*, la mia preferita, un vero e proprio capolavoro del diciannovesimo secolo. Dovevo aver assunto la solita aria sognante a giudicare dallo sguardo perplesso dei passanti quando sentii una voce squillante, un

misto tra l'acuto e lo stridulo, riportarmi bruscamente alla realtà. «Francis, hai intenzione di rimanere incollata alla vetrina ancora per molto?»

Scorsi una ventenne esuberante corrermi incontro con passo felpato, occhi azzurri, sguardo vispo, lunghi boccoli biondo cenere, qualche
lentiggine in volto e un paio di graziose fossette
a fare da contorno a due labbra carnose.

Avevo conosciuto Ariane durante una vacanza in Inghilterra, ai tempi gloriosi del liceo; da
quel momento eravamo sempre rimaste in contatto, con la promessa di frequentare insieme
l'università.

Quella ragazza era qualcosa di unico, mai visto
prima; aveva logica, intuito, era di gran lunga più
matura rispetto a tanti nostri coetanei e sembrava
non rendersene conto. Ero certa che non avrebbe
avuto difficoltà a frequentare la Columbia.

Tanto solare e vivace con gli amici quanto timida, introversa, apparentemente fredda e a tratti
snob con gli estranei; un meccanismo di difesa
contro il mondo esterno.

«Il calendario dei corsi è appena stato pubbli-
cato, iniziamo tra qualche settimana». Mi aveva stritolato il braccio, entusiasta. «Matematica,
statistica, macroeconomia e tanto altro, ma ci
pensi?» E sembrava avere tutta l'intenzione di
non volermi lasciare andare. «È un'occasione
unica, sarà straordinario».

Quando Ariane prendeva il via era difficile, se
non impossibile, fermarla; iniziava a fantasticare,
lasciandosi trasportare da un'immaginazione ben
più fervida della mia, travolgendo chi le stava ac-

canto come un fiume in piena ed era proprio questo suo entusiasmo, questo suo attaccamento alla vita, a tratti disarmante, a renderla così speciale.

Ognuno di noi, più o meno consapevolmente, vive andando alla ricerca di amici che siano affini alle proprie inclinazioni o qualità caratteriali, e noi eravamo molto simili.

Nessuna delle due amava fare progetti a lungo termine, era decisamente più semplice concentrarsi sul breve, ed entrambe preferivamo vivere alla giornata, assaporando ogni attimo come fosse l'ultimo.

Questo non dare mai nulla per scontato contribuiva a rendere ogni istante, anche il più piccolo gesto quotidiano, carico di significato e di gran lunga più prezioso.

Nel frattempo, era calata una quiete surreale; mi ero voltata quanto bastava per osservarla con la coda dell'occhio mentre ci incamminavamo verso casa, o meglio verso l'appartamentino che avevamo affittato per l'anno accademico.

La scrutai attenta, riscoprendo una serietà che poco le si addiceva; il sorriso che le aveva illuminato il volto fino a qualche minuto prima era scomparso, dando spazio a una imperturbabilità a cui non ero abituata.

«Ari…» rallentai il passo, lasciandomi superare e pensando a quanto anche lei, in fondo, fosse cambiata; non era più quella di un tempo ed era come se me ne fossi resa conto solo in quel frangente.

«Perché ti sei fermata, qualcosa non va?»

«Dimmelo tu, ti sei rabbuiata all'improvviso,

sembri aver perso ogni entusiasmo». Quello che leggevo nei suoi occhi era incertezza, smarrimento.

«Sto benissimo, cosa ti salta in mente?» Aveva scosso la folta chioma bionda, un'espressione fintamente offesa. «Dovrò pur riprendere fiato, finora ho parlato solo io».

Perseverai nell'interrogarla con lo sguardo, intenzionata a saperne di più ma senza ottenere grandi risultati; Ariane sapeva essere davvero ostinata quando ci si metteva.

Perciò avevo deciso di desistere, sollevando le mani in segno di resa e riprendendo la nostra passeggiata, entrambe con lo sguardo rivolto verso il basso.

«Sarà l'occasione per fare nuove conoscenze, non credi? Magari incontrerai il ragazzo dei tuoi sogni».

Scoppiai a ridere, teneramente allibita per quanto riuscisse a essere seria, per un minuto, e irrecuperabile per il resto del tempo.

«Sai bene come la penso, non sono fatta per il matrimonio e la vita di coppia. Non credo mi sposerò mai, non fa per me. E poi, ora come ora, ho ben altro a cui pensare».

Mi aveva sorriso maliziosa, del tutto intenzionata a punzecchiarmi sull'argomento; avrei potuto anche strozzarla se non fosse stata la mia più cara amica.

«Francis, ti prego…»

Era un tasto dolente, un'argomentazione della quale avrei fatto volentieri a meno. Ogni volta, in pubblico, qualche indelicato doveva sentirsi in obbligo di domandarmi se fossi impegnata e ogni volta la risposta era sempre la stessa; lo sguardo dei presenti passava così da un'espressione di sincero stupore a una di dispiacere, col conseguente risultato di farmi sentire in difetto.

«Mai dire mai nella vita. Sentiamo, hai almeno un'idea di come dovrebbe essere il tuo principe azzurro?»

Avevo finto di non essermene accorta ma si era premurata di marcare le ultime due parole; tentare di desistere e optare per un cambio repentino di argomentazione sarebbe stata una battaglia persa per cui avevo deciso di accontentarla, parlando quasi più a me stessa che a lei, con un tono di voce palesemente pacato.

«Mi piacerebbe fosse un ragazzo di bell'aspetto ma soprattutto di buone maniere e raffinato, carismatico e, perché no, romantico. Vorrei fosse in grado di amare ogni mio pregio e ogni mio difetto, di sopportare i miei sbalzi d'umore e le mie paranoie, di portarmi rispetto, sempre e comunque, di farmi sorridere e ridere, anche nei momenti più bui. Vorrei che mi guardasse come se non avesse mai visto nulla di più bello, come se la sua vita dipendesse da questo». Inspirai profondamente nel tentativo di trattenermi dall'iniziare a ridere per quanto era singolare e buffa l'espressione di Ariane. «Perché mi guardi in quel modo?»

Mi osservava perplessa, gli occhi sgranati, il sorriso a metà, un paio di rughe d'espressione sulla fronte ampia, le fossette agli angoli delle labbra più marcate del consueto.

«In pratica dovrebbe essere un santo».

Sogghignai di gusto. «Forse».

Una volta un caro amico mi disse che ridere e amare rappresentavano gli elementi imprescindibili della vita di una persona; possederne uno rendeva forti ma avere entrambi rendeva invincibili e io mi ero convinta già da tempo che mi sarei dovuta accontentare della semplice, ma efficace, arma del sorriso.

«Sei incorreggibile, non esiste un ragazzo simile, sarebbe tanto perfetto quanto terrificante a vedersi. Non puoi essere davvero così esigente, adesso credo di iniziare a comprendere la vera ragione della tua solitudine in materia amorosa. Ti stai rinchiudendo in una gabbia di tua spontanea volontà, non rendendoti conto di quanto potrebbe essere meraviglioso trovare una persona con la quale condividere il resto della vita. Comunque arriverà qualcuno, prima o poi, che ti farà cambiare idea e allora ne riparleremo».

Mi ero appoggiata alla ringhiera accanto, le braccia conserte e un sorriso a metà, mentre la osservavo aprire la porta di casa, pensando a quanto fosse lontana dalla verità; non era necessario spiegarle, non era importante che capisse, non subito almeno e andava bene così.

Le immagini mi tornavano alla mente, susseguendosi una dopo l'altra: il colorito pallido, più del consueto, accompagnato da quel senso di smarrimento e di incertezza che le avevano attraversato il volto poco prima.

I suoi occhi avevano fatto trasparire qualcosa, qualcosa a cui non ero riuscita a dare un nome e che le sue labbra si erano rifiutate di dire; forse non ero l'unica a non essere stata completamente sincera, seppure a fin di bene.

Forse avrei dovuto insistere invece di accontentarmi delle sue parole, delle sue rassicurazioni e della sua solita spavalderia.

Forse avrei dovuto dubitare del suo silenzio, del suo sguardo basso e delle rughe d'espressione che erano andate a segnarle la fronte ampia.

O forse le mie erano solo paranoie, alcune delle tante; dopotutto, chi non aveva preoccupazioni o ansie giornaliere a cui badare?

Prima o poi me ne avrebbe parlato, come sempre; per il momento non era necessario spiegarmi, non era importante che capissi e andava bene così.

Varcai la porta d'ingresso ignara di come quell'attimo, insieme a tanti altri succedutisi in seguito, mi sarebbe tornato alla mente molto tempo dopo, richiamando inevitabilmente alla memoria quell'infelice e amaro "forse".

2

La fievole luce del sole mattutino filtrava timidamente dalla finestra solleticandomi gli occhi, quasi a volermi dare il buongiorno.

Percepivo un piacevole tepore mentre continuavo a rigirarmi nel letto alla ricerca di una posizione confortante fino a ricadere, poco elegantemente, su un fianco: dovevo trovarmi in quella fase di torpore che precede il risveglio.

«Che stanchezza...»

Scostai le dita della mano destra per andare a carezzare l'altro polso; quello che sentivo era qualcosa di ruvido e sottile.

Sorrisi appena, volgendo lo sguardo a quello che aveva tutta l'aria di essere un braccialettino in tela, di quelli che si vendono come portafortuna.

«Buongiorno mondo...»

Lo scrutai mentre i ricordi iniziavano a riaffiorare, alcuni felici, altri un po' meno, ma tutti contraddistinti da una presenza comune: lo sguardo di un ragazzino dagli occhi chiari, dai capelli scuri e dal sorriso dolce.

Era un volto che, prepotente, insisteva nel venire a farmi visita: mi tornava alla mente ogni sera, prima di assopirmi tra le braccia di Morfeo, e a ogni risveglio.

Mi ero lasciata scivolare lungo il materasso reclinando il capo all'indietro, i polsi rivolti verso l'alto, il diaframma che si alzava e si abbassava con moto regolare; avevo portato una mano al cuore, restando in ascolto del suo battito incessante, l'unico suono – seppur flebile – a riecheggiare per la stanza. «Ancora…»

Con la delicatezza che mi contraddistingue, il più delle volte pari a quella di un elefante in una cristalleria, avevo iniziato a massaggiarmi la fronte nella speranza di stemperare una delle tante emicranie che, negli ultimi tempi, si divertivano a importunarmi le giornate, quando avevo avvertito qualcosa di morbido investirmi in pieno volto, facendomi capitolare contro il pavimento.

«Ma cosa…» Sbuffai rumorosamente per farmi sentire da Ariane, appoggiata alla finestra lì vicino. «Sei impazzita?»

«Piaciuta la sveglia? E non guardarmi così, ti ho chiamata un numero indefinito di volte e senza successo, per un momento mi sono anche preoccupata. Devi ancora fare colazione e vestirti, non vorrai fare tardi il primo giorno di lezione? Considera che dobbiamo trovare l'aula e io ho solo una vaga, vaghissima idea di dove potrebbe essere. Ti aspetto in cucina, il bagno è tutto tuo».

La fissai disorientata quando mi interruppe puntandomi l'indice contro, come se avessi avuto occasione di replicare in qualche modo.

«E non dirmi che è presto, lo sai che è preferibile arrivare agli appuntamenti con largo anticipo e, sì, lo so che sono le sei e mezza del mattino e che si inizia tra poco più di due ore ma, dato che hai la lentezza di una tartaruga, vorrei evitare di arrivare in università col fiatone, almeno il primo giorno».

Schiusi le labbra, fiduciosa di poter finalmente prendere parte a quella conversazione, se così poteva definirsi perché ai miei occhi appariva più come un monologo, quando la osservai farmi un cenno.

«Sembri uno spaventapasseri».

E con questo complimento aveva tolto il disturbo, lasciandomi sola, ancora a terra, con i capelli scompigliati e un'espressione da svampita in volto; sospirai pesantemente, passandomi una mano sul volto, quando la voce di Ariane proruppe dall'altra parte della stanza.

«E non sbuffare!»

Ariane era una di quelle rare creature in grado di prendere per sfinimento le persone, ma non ricordavo quanto riuscisse a essere asfissiante.

«Non sto sbuffando!»

Decisi così di dare inizio alla giornata andando alla ricerca di qualcosa di appropriato a un *dress code* universitario; la stagione era prettamente estiva, perciò, fin quando ne avessi avuto l'occasione, avrei fatto ricorso a colori come l'azzurro e il bianco, tra i miei preferiti, tutte tonalità che con l'incombere dell'autunno avrei dovuto abbandonare.

Avevo optato per un paio di pantaloni color latte, dei sandali abbinati e una camicia celeste sbottonata fin sotto la clavicola, appena sopra lo sterno; un filo di trucco, giusto il necessario per attenuare il classico pallore mattutino e un'acconciatura facile e sbrigativa a fare da cornice al mio visino ovale.

Mi avviai con passo deciso in cucina dove avevo adocchiato Ariane sorseggiare il suo caffè lungo e rigorosamente amaro; era una salutista, peggio della sottoscritta, perciò guai anche solo a nominarle la parola "zuccheri".

Indossava una gonnellina a balze rosso fuoco e una blusa con un colletto alla coreana portata a rimborso, così da evidenziarle la vita esile e stretta, il tutto contornato da un paio di ballerine in stile Audrey Hepburn.

«Adesso sì che ti riconosco».

Mi concentrai sulla mia tazza di latte e cereali, abbozzando un sorriso.

«Prova a svegliarti con una cuscinata in pieno volto e poi ne riparliamo, Ari».

«Come sei suscettibile».

Il tempo di sbrigare gli ultimi preparativi, rinfrescarmi con dell'acqua di colonia, dare una rapida occhiata in giro per assicurarmi che fosse tutto in ordine ed ero pronta.

«Manca qualcosa?»

«Non credo».

Mi ero avviata risoluta all'ingresso, seguita da Ariane, quando mi imbattei nella nostra vicina di casa, la signora De Luca, una simpatica ultrasettantenne dalla chiacchiera facile sopraggiunta in America con il marito e i tre figli molti anni addietro; era di Torino, la città natale di Ariane.

«Buongiorno!» Salutava con uno dei suoi consueti sorrisi, gli occhi dolci e gentili; era stata la prima persona del posto che avevo potuto definire amica, un punto di riferimento in una città tanto incantevole quanto estranea.

Certo era particolarmente loquace, nonché a conoscenza di ogni novità; amava interessarsi dei vicini per carpirne curiosità e particolari avvincenti.

Era una di quelle creature in grado di gestire non solo i propri affari ma anche quelli altrui; facile alla critica, sfacciatamente sincera, di pochi complimenti ma in fin dei conti una donna di buon cuore.

«Buongiorno ragazze, come siete mattiniere, dove siete dirette?»

Bramava dalla voglia di sapere, fremeva dalla curiosità, i suoi occhi parlavano per lei.

«Buongiorno signora De Luca, è un piacere vederla. Oggi è il nostro primo giorno di lezione, finalmente iniziamo l'università».

Aveva sgranato gli occhi con aria sognante mentre, entusiasta, mi prese per mano; stava per chiedermelo, lo vedevo, perciò decisi di anticiparla così da soddisfare il suo insaziabile interesse: «Studieremo Economia».

Uno sguardo soddisfatto comparve sul volto segnato dall'età.

«Sembrate due ragazze sveglie, sono sicura che non avrete problemi. Anche mio figlio ha studiato Economia qui in città mentre gli altri hanno preferito dedicarsi all'Ingegneria e alla Musica. Vorrei venissero a trovarmi più spesso, sono sempre chissà dove, in qualche parte del mondo, in viaggio verso posti dimenticati da Dio. Fortunatamente posso contare sulla compagnia di due ragazze dolci e gentili come voi. Questo condominio, purtroppo, non vanta molti individui socievoli. Mi raccomando, voglio sapere ogni novità, ogni particolare, anche il più piccolo dettaglio. Un pomeriggio di questi potreste venire da me per una tazza di tè, vi aggrada l'idea?»

Le sorrisi gentilmente, accettando il cortese invito e tentando, al tempo stesso, di ignorare i pugni di Ariane dietro la schiena mentre mi supplicava di tagliar corto.

«Le prometto che verremo a trovarla molto volentieri. Nel frattempo, passi una buona giornata!»

«Altrettanto, ragazze!»

Un nuovo giorno stava per avere inizio e la città era già effervescente: i passanti indaffarati che saltavano da un marciapiede all'altro, i taxi – rigorosamente gialli – che si susseguivano spediti uno dopo l'altro, in una direzione e poi in un'altra.

Il sole era appena sorto su New York, eppure sembrava che la metropoli non si fosse mai addormentata.

Camminavo spedita, in trepidante attesa per il nuovo capitolo che mi accingevo a scrivere; più mi addentravo nel campus e più mi rendevo conto di quanto fosse a dir poco indescrivibile: immenso e, in un certo senso, glorioso, come nei film che avevo visto da piccola.

Tanti erano gli studenti che mi passavano accanto; alcuni avevano un'aria decisamente spavalda e disinvolta, già avvezzi a destreggiarsi nel marasma del mondo universitario mentre altri, al contrario, si aggiravano per i corridoi con sguardo perso, disorientati, alla ricerca di qualche aula di lezione, proprio come me.

Realizzai di aver percorso buona parte del tragitto con il mento rivolto verso l'alto non appena mi sentii chiamare da Ariane per indicarmi l'aula dalla quale tutto avrebbe avuto inizio; diversi universitari sedevano già ai propri posti, sparsi un po' qua e un po' là, scrutandosi l'un l'altro con i libri di analisi sul banco, in attesa del professor Anderson.

Tra tutti una figura in particolare aveva catturato la mia attenzione; era una ragazza dai lunghi capelli corvini, gli occhi scuri, un maglioncino color senape, sneakers bianche e jeans blu notte. Fissava un punto indefinito di fronte a sé, mordicchiando una matita giallo fosforescente, seduta in disparte, molto lontano dal resto della classe; mi domandavo se si fosse volontariamente isolata o fosse stata lasciata sola.

Ariane dovette aver intuito le mie intenzioni ragion per cui, silenziosa, mi aveva seguito in direzione di quella che sarebbe diventata una delle nostre più care amiche; mi avvicinai, rientrando nel suo campo visivo.

«Ciao, questi posti sono occupati? Possiamo sederci qui con te?»

Sorrise, prodigandosi a liberare le seggiole da borse e quaderni. «Certo».

Finsi di non accorgermi del suo nervosismo mentre continuava a torturare il maglioncino che indossava nel tentativo di nascondere i fianchi larghi e le cosce robuste.

«Io…» Aveva la voce tremula, sembrava emozionata; se non le fossimo state accanto non l'avremmo udita nemmeno. «Mi chiamo Alexandra, piacere».

Conoscevo bene quella timidezza, quella solitudine, quel senso di esclusione, le avevo combattute fin da piccola; ricordo quando, alle elementari, diventavo facile obiettivo di stupidi scherzi infantili da parte di compagne immature e maliziose perché troppo buona, troppo debole per replicare.

Ricordo quando venivo esclusa dal gruppo per i miei buoni voti.

Ricordo quando, già allora, venivo punzecchiata per i miei vestiti, per il fisico esile, per il portamento apparentemente altezzoso e snob dovuto, in realtà, alla danza classica. La mia corporatura longilinea in un modo o nell'altro aveva sempre catturato l'attenzione, facendo parlare di sé anche più del necessario.

A vent'anni portavo ancora una taglia trentotto ed ero ancora soggetta a commenti poco desiderati; l'unica differenza rispetto a quando ero bambina e adolescente era l'aver iniziato a scernere ciò che contava dal superfluo, attribuendo il giusto peso alle parole.

Col tempo, crescendo, avevo imparato a difendermi, diventando più fredda e in un certo senso più insensibile; mi ero indurita, nella speranza di farmi meno male.

Di fronte ad Alexandra tutti quei ricordi erano tornati in superficie; pensavo di averli accantonati ma, probabilmente, sarebbero rimasti incastonati per sempre in qualche angolo remoto del mio animo.

Sorrisi mentre la scrutavo conversare con Ariane, stemperando così la timidezza e la diffidenza iniziali e rivelandosi molto più loquace del previsto.

Aveva uno sguardo dolce e gentile; qualcosa, nel profondo, mi diceva che avrei potuto fidarmi di lei.

Era di New York e aveva una sfrenata passione per i dolci; amava i libri quanto la cucina e la pasticceria era la sua specialità.

Mostrò a entrambe, soddisfatta, un paio di fotografie ritraenti alcune delle sue composizioni e definirle straordinarie sarebbe stato riduttivo; dovevano essere deliziose, senza dubbio, ma erano anche belle a vedersi.

Quei dolci sembravano davvero l'opera di un esperto del mestiere; quando ammise di aver partecipato a delle gare e di averne vinte alcune non ne rimasi per nulla sorpresa. Prima o poi le avrei chiesto di farmi un corso accelerato di cucina; non ero un granché ai fornelli, tanto che i miei si divertivano a definirmi, scherzosamente, un caso clinico.

«Le prime due ore sono di analisi, giusto?»

«A quanto pare».

Avevo iniziato a sfogliare uno dei massicci tomi di matematica quando un gruppo di ragazzi invase l'aula, interrompendo bruscamente la tranquillità creatasi fino a quel momento.

Chiassosi e rumorosi, presero posto nel nostro settore; del tutto disinteressata a quel cameo improvviso, riportai l'attenzione sui manuali scolastici quando mi sentii toccare da Ariane.

«C'è un ragazzo che non ti ha tolto gli occhi di dosso da quando è entrato in aula, lo conosci?»

«È improbabile che io conosca qualcuno di queste parti».

La osservai voltarsi, viaggiando con lo sguardo oltre le mie spalle.

«Non vuoi dare una sbirciatina? È carino».

Tornai a sorriderle.

«Darò un'occhiata a fine lezione, d'accordo?»

D'un tratto, un uomo sulla quarantina irruppe in aula sommerso da libri, manuali e da una valigetta decisamente ingombrante; aveva rovesciato tutto sulla cattedra per poi poggiarvisi ansimante.

«Non sarà…»

«Credo proprio di sì».

Capelli scompigliati, occhiali da intellettuale, lineamenti marcati, maglioncino e camicia abbinati e un fiatone da maratoneta; di primo acchito sembrava un anticonformista, in stile *L'attimo fuggente*. Non credo dimenticherò mai lo sguardo penetrante, provocatorio quasi, l'atteggiamento sfrontato e le sottili fessure dei suoi occhi atte a scrutare i presenti.

Scambiai un'occhiata fugace con Ariane e Alexandra mentre la voce calda e pacata del professor Anderson risuonava decisa e senza troppi convenevoli, facendo sprofondare l'aula in un silenzio di tomba.

«Cominciamo?»

***

La mattinata era trascorsa velocemente, più di quanto mi aspettassi. Sopravvissuta allo scapestrato di analisi, alla diva di macroeconomia e alla pazzoide di statistica mi apprestavo a coricarmi in qualche delizioso angolo verde per una breve pausa prima dell'inizio delle lezioni pomeridiane. Sentivo la necessità impellente di sgombrare la mente, anche se per poco, dalla raffica ininterrotta di nozioni che aveva affollato i miei pensieri.

Avevo liberato il banco, in procinto di lasciare l'aula, quando intravidi un'ombra fermarmisi accanto.

«Posso unirmi a voi?»

Sollevai lo sguardo, incontrando un paio di occhialini alla Harry Potter e una fluente chioma castana.

«Non è possibile…»

«Sorpresa?»

«Daniel Williams?»

Avevo assunto un tono di voce ridicolo, decisamente stridulo; scosse il volto nello scrutarmi con gli stessi occhi ridenti di quando era bambino, compiacendosi della mia reazione. «È un piacere rivederla signorina Johnson».

Si avvicinò, avvolgendomi in uno dei suoi poderosi abbracci che ricambiai con entusiasmo, il tutto sotto gli sguardi inquisitori di Ariane e Alexandra.

«Anche per me, signor Williams».

Fisicamente era cambiato dall'ultima volta che l'avevo visto; l'avevo riconosciuto, è vero, ma a stento.

Nati entrambi da madri italiane e padri inglesi trasferitisi in Italia per lavoro, eravamo cresciuti uno accanto all'altra; Daniel era stato il fratello che non avevo mai avuto.

Avevamo vissuto gli anni spensierati della fanciullezza fino al sopraggiungere, inevitabile, dell'adolescenza quando tutto aveva avuto fine, aspramente interrotto dagli impegni lavorativi del padre. Trasferitosi in America prima di iniziare il liceo, avevo perso ogni contatto, complice l'ausilio di una tecnologia in quegli anni inesistente.

«Non posso crederci!»

«Stesso per me!»

Perseverava nello stringermi a sé con fare affettuoso, cingendomi le spalle, quando un pensiero parve attraversagli la mente, rivolgendosi di colpo alle ragazze.

«Vogliate scusarmi per non essermi presentato; il mio nome è Daniel e sono un amico d'infanzia di Francis, è un piacere conoscervi».

Trattenni una risata nel notare le espressioni di Ariane e Alexandra mentre scrutavano Daniel con aria instupidita.

«Il piacere è nostro».

«Già».

Alzai gli occhi al cielo.

«Sarà meglio andare».

«Vi andrebbe di prendere una boccata d'aria?»

«Assolutamente».

Mi avviai all'uscita, imbattendomi negli splendidi viali alberati dell'università. «Dicevi sempre che avresti fatto Medicina, non riesco ancora a credere che saremo compagni di corso. Sembrava ieri quando giocavamo assieme, da bambini».

Sorrise. «È vero».

Si era notevolmente snellito, raffinandosi nei lineamenti e lasciandosi alle spalle quella corporatura al limite del robusto che l'aveva reso, fin da piccolo, oggetto di scherzi e continue prese in giro, spesso crudeli per un bambino di quell'età.

«La vita è imprevedibile, non trovate?»

Daniel sembrava a suo agio con Ariane e Alexandra; li osservavo conversare del più e del meno, ridere e sorridere come se si conoscessero da sempre.

Quando gli avevo domandato se preferisse la compagnia di altri ragazzi mi aveva risposto che non gli interessava; non era cambiato nonostante tutti questi anni, nonostante il tempo, la distanza e i silenzi.

Era ancora quell'anima pura e genuina, rara a trovarsi, che mi aveva affascinata fin dal nostro primo incontro.

Iniziai a viaggiare con la mente tornando indietro nel tempo, alle estati al mare, ai pomeriggi soleggiati trascorsi sui libri e alle scampagnate in montagna quando notai Daniel salutare un paio di baldi giovani non molto distanti.

«Li hai mai visti, Francis?»

«Non direi».

«Sono carini».

«Ari…»

I nuovi venuti erano alti, prestanti, indubbiamente due sportivi. Compagni al liceo, avrebbero dovuto frequentare con Daniel la facoltà di Biologia per studiare Medicina in seguito. Alla fine, però, il mio vecchio amico d'infanzia aveva infranto quella promessa adolescenziale optando per un cammino differente, fatto di calcoli, formule matematiche e grafici. Thomas, biondo e occhi castani, un sorriso dolce, mi aveva salutata timidamente dopo aver fatto lo stesso con le ragazze; per certi versi mi ricordava Daniel.

E poi c'era Luke, occhi cerulei e chioma scura.

«Ciao».

Mi strinse la mano.

«Ciao».

Il suo atteggiamento si sarebbe detto sfrontato.

«Piacere di conoscerti».

Avevo allentato la presa, nella speranza di interrompere quel contatto tanto piacevole quanto indisponente, realizzando di non riuscire a muovere la mano; la stretta aumentò, le falangi premevano – serrando le mie – intenzionate a non volermi lasciare andare.

«Cosa...»

Smisi di respirare, sulla difensiva, quando finalmente avvertii le nostre dita liberarsi dall'intreccio.

«Il piacere è mio».

Mi domandai se gli altri si fossero accorti di qualcosa.

«Biologia, quindi?»

«Già».

«Interessante».

«Come Economia del resto».

«A chi piace».

«...»

Nessuno parlò più, ragion per cui i nuovi venuti si apprestarono a defilarsi elegantemente. «Ci vediamo».

«A presto».

Iniziammo ad allontanarci quando avvertii una fastidiosa sensazione dietro la schiena; forse la mia era suggestione, nulla di reale o fondato, ma decisi di arrendermi alla curiosità, voltandomi. E fu lì che per la seconda volta mi si mozzò il respiro, scorgendo Luke, non molto lontano, guardare nella mia direzione.

Fu un attimo quando i nostri occhi si incontrarono: il tempo si era fermato, nessun suono, nessun rumore, nessun chiaccchiericcio o parlottio sommesso, tutto parve dissolversi nel nulla. Eravamo solo io e lui.

Sentii le membra irrigidirsi e le labbra serrarsi; mi domandavo il perché di tanta insistenza, perché si divertisse a fissarmi ostinato senza un motivo particolare, quasi desiderasse dirmi qualcosa, qualcosa che faticavo anche solo a immaginare.

Proprio non riuscivo a comprendere quali potessero essere le sue intenzioni, se fosse qualcuno di cui potersi realmente fidare o soltanto uno dei tanti ragazzi dal viso angelico abituato ad ammiccare alle signorine di passaggio.

«Francis...»

Rilassai la schiena, volgendo lo sguardo altrove.

«Tutto bene?» Era un bisbiglio accennato quello di Ariane.

«Sì...» Con lei fingere era sempre stato difficile. «Tutto bene».

E così avevo proseguito la mia passeggiata col

cuore in tumulto, l'animo in tempesta e i pensieri in disordine, conscia di avere il suo sguardo ancora addosso.

3

Erano trascorse diverse settimane dall'inizio dei corsi; i giorni fluivano veloci, incessanti, susseguendosi uno dopo l'altro.

Un nuovo sole era sorto su New York spalancando così le porte al weekend; sorseggiavo il mio tè caldo appoggiata alla finestra mentre contemplavo, con la meraviglia negli occhi, il verde lussureggiante e la vita movimentata di città.

Più mi addentravo nel marasma del mondo universitario e più mi rendevo conto di quanto ne fossi affascinata; non mi ero mai sentita così indipendente, così viva.

Euforia, preoccupazione e turbamento accompagnavano, a momenti alterni, le mie giornate: i pensieri andavano inevitabilmente alle lezioni, agli esami e, seppur nolente, anche a *lui*. Iniziai a torturarmi un labbro, tornando al primo giorno di università, quando Daniel mi aveva presentato Luke.

«Francis!»

I ricordi si susseguivano veloci e frammentati; ripensavo al suo sguardo penetrante, al suo ostinato e insistente scrutarmi.

«Mi stai ascoltando?»

Sorrisi nel vedere Ariane affacciarsi sopra la mia spalla, pronta a dare inizio a uno dei suoi inarrestabili monologhi.

«Alexandra e Daniel mi hanno fatto una buona impressione; più espansiva e loquace lei, più timido e introverso lui, hanno entrambi un impeccabile senso dell'umorismo, sembrano gentili, di animo buono e soprattutto riservati, una virtù rara a trovarsi».

La osservai corrucciare la fronte ampia, preoccupandosi di scandire l'ultima parola con aria contrariata, l'espressione di una bambina a cui hanno appena rubato le caramelle.

«I presupposti per un'amicizia duratura ci sono tutti. Vedremo se il tempo mi darà ragione oppure no. Thomas invece mi ricorda molto Daniel, la versione bionda però, mentre Luke è quello che fatico a comprendere di più».

Sapevo che prima o poi mi avrebbe punzecchiata sull'argomento, mi ero stupita che non l'avesse fatto prima. Non che vi fosse molto da dire ma questo era un tema su cui avrei preferito sorvolare, senza attribuirgli più importanza di quanta non ne meritasse in realtà, perciò finsi di non comprendere a cosa si riferisse.

«Scusa?»

«Non ti ha mai tolto gli occhi di dosso, ti ha scrutata, e anche sfacciatamente oserei dire, tutto il tempo. Ero più in imbarazzo di te».

Dovevo aver assunto un colorito acceso, sentivo le gote scottare.

«Gli impertinenti ci sono sempre stati, i bei ragazzi sfrontati anche, non c'è da scandalizzarsi».

«A me sembrava più che impertinente».

Le passai accanto, affacciandomi alla finestra.

«Eccola!»

Alexandra camminava avanti e indietro, la testa rivolta verso il basso; iniziai a fischiettare, così da richiamarne l'attenzione, salutandola con un cenno della mano.

«Scendiamo!» Mi rivolsi ad Ariane: «È arrivata, vogliamo andare?»

«Tanto tornerò ancora sull'argomento, non pensare di farla franca così facilmente».

«Va bene, va bene...»

Quel sabato sarebbe stato solo per noi ragazze; niente studio, niente libri, soltanto una piacevole giornata all'insegna dello svago e del divertimento.

Scesi velocemente gli scalini, andando incontro ad Ale che mi accolse con un caloroso abbraccio; si era truccata, pettinata per l'occasione e, soprattutto, aveva abbandonato i soliti jeans per un grazioso completo in bianco e nero.

«Andiamo?»

Ci eravamo scrutate sorridenti, pronte a vivere appieno quella soleggiata giornata di fine ottobre, quando intravedemmo Alexandra assumere un'espressione divertita.

«C'è...» schiuse le labbra, lasciando intravedere la piccola fessura tra gli incisivi. «C'è una signora alla finestra che non mi ha tolto gli occhi di dosso da quando siete scese, è una vostra vicina?»

«Scusa?» Mi voltai un po' stranita, scorgendo la signora De Luca: i palmi delle mani contro il vetro, le guance più rosee del consueto e un sorriso tirato in volto. «Ma cosa...» Mi ero trattenuta dallo scoppiare a ridere mentre sollevavo la mano destra in cenno di saluto, domandandole se stesse bene.

«Mai stata meglio!» Spalancò bruscamente i vetri, prorompendo con voce squillante: «Giornata tra ragazze?»

Lasciai ondeggiare il polso, annuendo col capo.

«Potessi trascorrere anch'io una bella giornata in compagnia, tra i meravigliosi viali alberati della città. Invece sarò costretta a starmene rinchiusa in casa, tutta sola soletta, un vero peccato. D'altronde non ho nessuno, chi mai accompagnerebbe una donna anziana e claudicante come me per una passeggiata al parco? Non un'anima, questo è sicuro e, a essere sincera, posso comprenderlo. Forse, quando torneranno i miei figli dal loro ultimo viaggio di lavoro, potrò finalmente trascorrere una giornata all'aria aperta».

Scorsi Ariane arricciare il nasino alla francese, passandosi una mano sulla fronte ampia nel tentativo di nascondere un sorriso pronunciato, per poi guardarmi con occhi comprensivi. «Per me va bene».

Mi ero voltata dunque verso Ale, domandandole con lo sguardo quanto Ariane aveva intuito prima di qualunque cenno.

«Anche per me non c'è problema».

«Ottimo».

Spalancai le braccia, incontrando lo sguardo della mia effervescente vicina di casa. «Signora De Luca, le piacerebbe trascorrere una giornata in nostra compagnia?»

Gli occhi si sgranarono, le labbra si schiusero, lo sguardo attonito e incredulo; sorrisi nel vederla materializzarsi accanto ad Ariane.

«Ho sempre sostenuto foste delle ragazze sveglie ma non immaginavo anche di buon cuore. Sarà una giornata indimenticabile, non ho dubbi. Ad ogni modo chiamatemi pure Antonia, non sopporto di essere apostrofata col cognome, specialmente dalle amiche».

Mi prese a braccetto, incatenandomi in una morsa che non ammetteva repliche; anch'io avevo il presentimento che sarebbe stata una giornata indimenticabile ma ancora non potevo sapere quanto.

«Bene, andiamo».

Passeggiando lungo i marciapiedi newyorkesi ne approfittai per scrutare più da vicino la mia stravagante vicina di appartamento; si era vestita di tutto punto, appositamente per l'occasione, indossando un completo blu scuro, giacca e pantaloni abbinati, una casacca biancastra per dare luminosità, una capigliatura sul corto, ciocche biondo cenere e un paio di occhiali da sole in tartaruga, talmente voluminosi da nasconderle il volto. Avrei pagato oro per approdare alla veneranda età di settantadue anni con quella mente, più che lucida, e quell'inarrestabile spirito giovanile per non parlare del fatto che, fisicamente, mi sembrava tutt'altro che claudicante. Tuttavia, su un aspetto era stata sincera: la sua triste solitudine. Apparentemente estroversa ricorreva a tanta esuberanza, e impertinenza oserei dire, per celare un lato di se stessa ben più fragile. Sfondava le barriere altrui con la forza di un uragano non lasciando, tuttavia, che gli altri si avvicinassero alle proprie più di quanto non volesse. Una maschera sapientemente costruita negli anni per colmare un bisogno disperato di attenzione e affetto.

«È una bella giornata».

Sorrisi nello scorgere i passanti osservarci con sguardi inteneriti.

«È vero».

Qualche sconosciuto si era persino premurato di domandare se fossimo madre e figlie; non tenterò di riportare per iscritto la gioia e la contentezza di Antonia al suono di quelle parole. Continuammo così la nostra piacevole camminata, conversando dell'università, dei corsi e di argomenti ancor più accattivanti come il viaggiare, la letteratura, lo sport e la moda.

«Fa piuttosto caldo».

«Più del consueto, in effetti».

Con un focoso cappuccino take-away tra le mani ci aggirammo, una accanto all'altra, tra le splendide vetrine modaiole della city fino a giungere di fronte alla gioielleria che da sempre rappresentava il sogno, per me sicuramente proibito, di milioni di donne; quale ragazza non avrebbe voluto ricevere in dono, almeno una volta nella vita, un gioiello di Tiffany? Io non facevo di certo eccezione e, a giudicare dagli sguardi di Ariane e Alexandra, nemmeno loro.

«Che meraviglia».

Notai Antonia scrutarmi attentamente. «Belli, vero?»

Annuii, un cenno deciso del capo. «Spero, un giorno, di potermi fare un regalo».

Mi fissò dolce, facendomi l'occhiolino. «Dio vede e provvede».

«Chissà».

Ariane mi si affiancò, maliziosa. «Magari un affascinante baldo giovane chiederà la tua mano proprio davanti a una di queste sbrilluccicanti vetrine, chi può dirlo».

«Non credo, ma grazie lo stesso dell'incoraggiamento».

«Come sei pessimista. Ti svelo un segreto, sognare non costa nulla. Per fortuna esiste l'immaginazione, una vera e propria ancora di salvezza».

Avevo sorriso, non potendo fare a meno di darle ragione, quando rividi quel senso di smarrimento e di incertezza che le avevano attraversato il volto tempo fa; Ari parve aver intuito i miei pensieri tanto da nascondersi dietro Alexandra, intenta a lustrarsi gli occhi col suo bel visino, teneramente morbido, incollato alla vetrina.

Proseguimmo così la nostra passeggiata, addentrandoci nel verde rigoglioso e lussureggiante di Central Park; i viali alberati, il profumo agrodolce della fioritura e la vista imponente dei grattacieli a fare da cornice.

«Non mi abituerò mai a tutto questo…» Antonia passeggiava con il mento rivolto all'insù, contemplando il paesaggio con la stessa meraviglia degli occhi di un bambino. Quella donna possedeva, indubbiamente, la forza di un ciclone; da quando la giornata aveva avuto inizio non vi era stata occasione in cui avesse ripreso fiato elargendo, senza troppi complimenti, consigli e opinioni, specialmente in materia amorosa.

Definire farsesche le espressioni di Ariane e Alexandra era poca cosa, anche se la mia non doveva di certo fare eccezione.

«Sei una cara ragazza, Ariane, ma se proprio vuoi sapere la mia opinione credo tu sia l'incarnazione della single nostalgica. Irrimediabilmente ancorata al ricordo dell'ultimo baldo giovane che hai frequentato, sembra quasi tu voglia annegare nella memoria della coppia perfetta, alla cui esistenza – perdona la franchezza – non ho mai creduto. Ritengo soltanto tu abbia nostalgia dell'immagine della coppia felice, non di un fidanzato in particolare».

Io e Ale ci stavamo impegnando a non prorompere in una risata fragorosa e, probabilmente, indelicata.

«E tu, Alexandra, così dolce quanto insicura, dovresti avere maggiore consapevolezza di te stessa. Sei l'incarnazione della single disperata, cocciutamente convinta di rimanere sola per il resto della vita, un credo piuttosto stupido, permettimi».

L'espressione ridente di poco prima era svanita come d'incanto, lasciando spazio a uno sguardo decisamente più stranito.

«E infine...»

Ora toccava a me.

«E infine tu, Francis. Devi sapere che mi ricordi me da giovane».

Non sapevo se prenderlo come un complimento.

«Non ti fai mancare proprio nulla. Sei l'immagine precisa della single iperattiva e di quella per scelta. Indaffarata in un numero indefinito di progetti, corsi e Dio solo sa cos'altro, consideri le relazioni un inutile stress, qualcosa di troppo complicato, fatto di compromessi e, spesso, di bugie e litigi. Preferisci di gran lunga una libertà senza pensieri. Anch'io ero così ma ho dovuto ricredermi. Diversamente da tante altre mie coetanee sono stata fortunata, mi sono sposata per amore e non per obbligo, né per convenienza».

Nessuna delle tre aveva avuto il coraggio di ribattere o replicare, persino Ariane era rimasta senza parole – un evento unico; la cosa più assurda era che – per quanto indelicate – quelle sentenze, al limite dello sfrontato, non avrebbero potuto essere più vere.

Ci conosceva da poco, pochissimo tempo, Alexandra persino da qualche ora, eppure erano bastati pochi sguardi per permetterle di tracciare, per ognuna di noi, un ritratto autentico di una delle nostre sfaccettature caratteriali più intime; una donna piena di risorse.

«Comunque, le mie sono solo opinioni e, certamente, sono l'ultima persona a potervi giudicare. Vogliate perdonarmi se posso esservi sembrata indelicata ma ho l'abitudine di essere schietta con chi ho di fronte. Ne sono consapevole, credetemi, ma non riesco a fare diversamente».

Fu Ariane la prima a interrompere la quiete. «È stata sincera e lo apprezzo molto. Credo mi abbia compresa paradossalmente più lei, in così poco tempo, di chiunque altro mi sia mai stato accanto in tutti questi anni, esclusa Francis. Con i miei è complicato, non ho mai parlato molto. È imbarazzante doverlo ammettere ma ha ragione».

Antonia la scrutò dolce, regalandole un affettuoso buffetto sulla guancia, salvo poi voltarsi verso Ale.

«Sai cara, mi ricordi molto un'attrice dei miei tempi, tanto affascinante quanto talentuosa; stessi occhi scuri, stessa chioma fluente, stessa mimica facciale».

Un leggero rossore inonda il volto della mia compagna di corso.

«La ringrazio. E mi dica, calca ancora le scene?»

«È morta, una di quelle tragedie difficili a dimenticarsi, un vero peccato».

«Ah…»

Notai Antonia illuminarsi. «Aperitivo?»

Neanche il tempo di ribattere che mi trovai scaraventata in uno dei tanti locali della città; Alexandra si era abbandonata elegantemente sul morbido divanetto in pelle avorio, le braccia conserte. «Sarebbe bello poter vivere una storia d'amore passionale e drammaticamente romantica».

Inarcai una palpebra, fissandola scettica. «Ad esempio?»

«Romeo e Giulietta».

«Sono morti».

Ale mi scrutava pensierosa, il tono di voce incerto. «Tristano e Isotta».

«Morti».

«Anna Karenina».

«Morta».

Si massaggiava il mento assorta, per poi esordire con ritrovato entusiasmo.

«Violetta!»

«Tisica e poi morta».

«D'accordo, ritiro quello che ho detto».

Antonia la prese per mano, comprensiva.

«Non scoraggiarti cara, io ho avuto la fortuna

di vivere un'intensa storia d'amore, un vero e proprio dono dal cielo».

Osservai Ale abbandonarsi a un sorriso trionfante mentre iniziava a gesticolare con palese entusiasmo. «Ne ero certa, non tutte le grandi storie d'amore devono necessariamente serbare un finale tragico. Mi dica, come sta suo marito? Anche lui è all'estero per motivi di lavoro?»

«È morto».

Di fronte a quella svolta avevo sbattuto le mani sul tavolino richiamando, forse un po' troppo bruscamente, l'attenzione dei presenti, così da sviare l'interesse altrove. «Bene, ordiniamo?» Mi rivolsi al primo ragazzo nei paraggi quando la voce mi morì dentro. «Non è possibile…» Evidentemente dovevo incontrarlo anche lì.

«Ehi». Si avvicinò, scrutandomi dall'alto al basso, magnetico. «Ciao».

Trattenni un rantolo nel sentire Ariane regalarmi un calcio sulla tibia mentre tentavo di ignorare il rossore che doveva aver fatto capolino sulle gote. «Ciao».

A osservarlo bene pareva imbarazzato; rigirava spasmodicamente il taccuino e la penna tra le mani.

«Niente studio?»

«Oggi no».

Aveva rivolto un cordiale cenno di saluto alle ragazze per poi focalizzare l'attenzione sulla mia esuberante vicina, dedicandole un inchino.

«È un piacere conoscerti, ragazzo, chiamami Antonia».

«Il piacere è mio».

48

Era intervenuta Ariane a fare gli onori di casa, anticipandomi.

«Frequentiamo la stessa università, solo due facoltà differenti. Luke studia per diventare medico».

«Proprio così».

Avevo scrutato Antonia ammiccargli spudoratamente.

«Vorrà dire che, quando avrò bisogno, saprò a chi rivolgermi».

«Antonia!»

«Che ho detto?»

Luke abbassò lo sguardo, un sorriso sghembo in volto.

«Solitamente lavoro qui il sabato, così da racimolare qualcosina».

Avevamo annuito tutte e quattro all'unisono, pendendo dalle sue labbra, quando decisi di ordinare da bere. Lo scrutai prendere nota, ammirandone le spalle ampie e i muscoli scolpiti.

«Torno subito».

«Grazie».

«A voi».

Si era voltato solo per lanciarmi uno sguardo eloquente, scomparendo oltre il bancone.

«Non mi avevi detto di avere un ammiratore». Antonia possedeva una fervida immaginazione, chissà quali conclusioni doveva aver già tratto.

«Non è come sembra, lo conosco appena».

«Dicono tutti così».

Lasciai che mi fissasse con sguardo inquisitore.

«Sembra un bravo ragazzo, un tipo sveglio, non vorrai lasciartelo scappare?»

«Non mi interessa, davvero».

«Potresti iniziare con l'essergli amica, sarebbe già un passo avanti». Aveva sospirato, fintamente piccata. «Prometti che ci penserai?»

Le sorrisi, arrendendomi di fronte a tanta determinazione. «D'accordo, ma solo perché è lei».

Temevo che avrebbe perseverato nel punzecchiarmi sull'argomento quando, con mia grande sorpresa, mi trovai a colloquiare d'altro.

Quanto a Luke, lo vidi di rado, preso a correre da un tavolo all'altro, intento a esaudire qualunque richiesta, anche la più assurda, solo per soddisfare clienti particolarmente pretenziosi, per non dire impudenti o irriverenti, e sempre con un sorriso sulle labbra, gentile e accondiscendente. Qualche volta mi capitava di incontrarne lo sguardo, arrossendo come un'adolescente alla sua prima cotta.

«Che stupida...»

Per il resto, io e le altre continuammo a conversare e a ridere, finendo col perdere la cognizione del tempo, quando iniziai a rendermi conto di un'eccessiva allegria nell'atteggiamento, già di per sé euforico, della mia esuberante vicina di appartamento. Rideva di gusto, reclinando bruscamente il capo all'indietro per poi rigettarlo in avanti in una danza senza fine, il tutto contornato da singhiozzi alterni.

«Ma cosa...» rivolsi lo sguardo a un paio di calici rigonfi della cui presenza non mi ero resa conto se non in quell'istante. «Quelli...» richiamai l'attenzione di Ariane, cercando di mantenere un tono di voce quanto più sommesso «avete ordinato un paio di calici in più?»

Mi fissò sorpresa.

«Pensavo li aveste ordinati voi quando mi sono allontanata per andare alla toilette».

«Per niente…»

Mi rivolsi ad Alexandra, porgendole in silenzio la stessa domanda che avevo indirizzato ad Ari, quando la osservai impallidire.

«Ti prego, no…»

Scrutai Antonia sporgersi improvvisamente per andare a centellinare gli ultimi sorsi di quello che doveva essere stato un aperitivo fruttato, uno dei due cocktail fruttati a base alcolica – e tengo a sottolineare *uno dei due* perché l'altro era già stato magicamente prosciugato da un pezzo. Inutile menzionare il primo che le avevo ordinato, e che avrebbe dovuto essere anche l'ultimo, chiesto a Luke qualche ora prima.

La vera domanda era: come avevo fatto a non accorgermene? O forse avrei dovuto dire: come avevamo fatto a non accorgercene?

Ari mi si accostò, nascondendo le labbra tra le dita. «Quanti ne ha bevuti?»

«Tre».

Mi sporsi quel che bastava per sfilare dalle mani di Antonia ciò che restava dell'aperitivo incriminato, ricevendo in tutta risposta un'occhiataccia contrariata.

«È stata una bellissima giornata ma credo si sia fatto tardi, sarebbe bene la riaccompagnassimo a casa».

Il tono di voce stridulo, altalenante, una risatina isterica a fare da sottofondo: «Ma io mi sto divertendo così tanto, credo proprio ordinerò un altro di quei favolosi cocktail fruttati, hanno un gusto così delizioso».

Le presi una mano, incastonando i miei occhi verdi nelle sue iridi nocciola. «Antonia, quanti ne ha bevuti?»

Sgranò gli occhi con aria colpevole, mettendo il broncio. «Pochi».

Mi avvicinai ulteriormente, premurandomi di abbassare la voce. «Sicura?»

«Ma certamente e io ne vorrei tanto un altro».

«Non credo sia una buona idea».

«Ma io ne voglio uno». E così scoppiò a ridere, esplodendo in uno sghignazzo fragoroso tale da catturare l'attenzione dei presenti e anche dei passanti. «Ne voglio assolutamente uno».

Si alzò e si risedette; Alexandra ci fissava con le mani conserte, quasi stesse pregando, lo sguardo incredulo.

«Per misericordia divina, l'abbiamo ubriacata».

«Veramente ha fatto tutto da sola».

«Ma avremmo dovuto fermarla».

«Se solo non fosse stata così brava a celare la cosa».

In quel momento mi veniva da ridere; certo, da ridere per poi piangere subito dopo. Adesso si era ancorata alla sedia, del tutto intenzionata a rimanervi, almeno fino a quando non avesse bevuto un altro drink, rigorosamente fruttato perché qualunque altro genere sembrava non essere contemplato.

«Ragazze, lasciate fare a me».

Mi volto, ritrovandomi accanto Luke.

«Antonia, che ne direbbe se la riaccompagnassi a casa? Finisco il turno a minuti».

Non passò molto prima che annuisse convinta, un sorriso radioso in volto. «Certo, ragazzo!»

Luke fece l'intero tragitto tenendola a braccetto; si preoccupò di farla conversare per distrarla, assicurandosi, tuttavia, che non richiamasse l'attenzione più di quanto non avesse già fatto al locale.

Una volta arrivati, ci volle qualche minuto prima che riuscisse a convincerla a rincasare, con la promessa di tornare a trovarla in un momento successivo, sempre in nostra compagnia.

«Ci vediamo». Si dileguò con una timida alzata di mano, le spalle strette – forse non era così sfrontato come voleva dimostrare – quando venni presa, ancora una volta, dall'irresistibile tentazione di voltarmi, come quel giorno all'università.

E lo feci.

Solo per osservare la sua ampia schiena allontanarsi sempre più.

***

Un gradevole profumo di pan dolce aleggiava per tutta la cucina mentre tenevo d'occhio, con sguardo vigile, il piccolo fornetto alla finestra, preoccupandomi di scaldare i croissant all'albicocca senza bruciacchiarli.

«Tutto bene, Ale?»

La sentivo destreggiarsi con tazze e bicchieri.

«Ci sono quasi».

Il tempo di sbrigare gli ultimi preparativi tra spremute, caffè, cappuccini e tutto era pronto, una tavola elegantemente imbandita per un'appetitosa colazione.

«Arriviamo!»

Mi spostai, veloce, su una delle sedie accanto quando scorsi Ariane sbucare da dietro la porta in compagnia di Antonia.

«Ma cosa…»

«Come si sente, Antonia?» Sorrisi nel vederla strabuzzare gli occhi.

«Ora meglio, mi dispiace per ieri».

«Non c'è niente di cui scusarsi. Ci ha solo fatto preoccupare un po', tutto qui». Era Ariane adesso a parlare.

«Deve sapere che abbiamo convenuto fosse meglio trascorrere la notte qui con lei, ovviamente ad alternanza, per assicurarci che stesse davvero bene. Non abbiamo toccato nulla, non si preoccupi, abbiamo solo pensato fosse una buona idea prepararle la colazione».

In effetti avevamo passato la notte insonne, le nostre occhiaie e le profonde borse violacee ne erano una prova evidente; appisolate, ma neanche troppo, su un vecchio divano in pelle ci eravamo alternate, ogni ora, con il volto stravolto e due occhi stralunati, per assicurarci che la nostra imprevedibile vicina dormisse sonni tranquilli nella sua camera da letto in stile vintage. Spalancai le braccia, facendole l'occhiolino.

«Se non erro, aveva parlato di un tè poco tempo addietro. Una colazione potrebbe andare ugualmente bene?»

«Certo, cara».

Sorrisi nel sorseggiare una fresca spremuta d'arancia quando, improvvisamente, mi balenò un pensiero.

«Un momento…» mi rivolsi ad Antonia, sfilandole la moka dalle mani. «Col caffè tutto bene?»

Mi fissava attonita, salvo prorompere in una risata fragorosa, contagiando me e le ragazze. Quella sarebbe stata una delle tante piacevoli domeniche trascorse in sua compagnia, a conversare di argomenti impegnati quanto di stupide frivolezze, rendendo New York un po' più vicina a quel porto sicuro chiamato casa.

4

Ho sempre creduto fosse costruttivo osservare il mondo da più punti di vista, da prospettive e angolature differenti.

Qualche volta, quando necessitavo di svuotare la mente, distendere le membra e ritrovare concentrazione mi divertivo a interpretare questa massima nel suo senso più letterale, a discapito del vero fulcro della riflessione.

Sentivo il sangue fluire alla fronte mentre lasciavo oscillare il capo all'ingiù, le caviglie rivolte al soffitto e le mani conserte sul volume di economia, appoggiato sul ventre piatto. Quando ero bambina, sperimentare le posizioni più bizzarre e stravaganti, cimentandomi in quello che potremmo definire una sorta di contorsionismo, rappresentava un gioco quotidiano; adesso, al contrario, era quasi destabilizzante osservare gli spazi circostanti capovolti, del tutto sottosopra.

Sentivo il tessuto del divano diventare un tutt'uno con la schiena, la testa di Ariane premere contro la mia anca mentre lasciava ciondolare le gambe lungo il bracciolo in pelle, il polso abbandonato oltre la sporgenza del sofà.

Alla mia destra, invece, avvertivo le ciocche di Alexandra solleticarmi il collo; decisamente la più composta delle tre, si era accomodata a terra con la schiena appoggiata al bordo del divano, le gambe accavallate, i libri sparsi sulle ginocchia mordicchiando, nervosa, una malcapitata matita verde oliva.

In quella posizione, sicuramente non tra le più confortevoli, ci cimentavamo in un continuo ripasso degli argomenti d'esame mentre Daniel ci fissava perplesso dal tavolino accanto. Teneva lo sguardo rivolto verso il basso, sollevandolo giusto quando decideva di intervenire in quella sfibrante ripetizione di definizioni, facendo roteare – incessante – una penna tra le dita. I giorni dediti a quello che ero solita definire "lo studio matto e disperato" avevano avuto inizio già da un po'; la sessione si avvicinava, incombendo inesorabile.

Socchiusi gli occhi, isolandomi da quel continuo mormorio di voci; tutto intorno a me si fece silenzio mentre concentravo l'attenzione sul respiro, a tratti irregolare.

Diverse domande, alcune più martellanti di altre, mi affollavano la mente già da tempo; mi chiedevo se sarei stata all'altezza della situazione, mi domandavo cosa sarebbe accaduto se avessi fallito, se mi fossi imbattuta nell'amara verità di non essere capace.

«Francis…»

Mi chiedevo se la strada da me intrapresa fosse davvero quella a me più congeniale.

«Sei ancora tra noi?»

Avevo annuito pigra, tornando a sedere composta.

«Proporrei una pausa, che ne dite?»

«D'accordo».

Improvvisamente avvertii qualcosa solleticarmi il polso; Alexandra aveva iniziato a giocherellare col mio braccialettino in tela.

«È un portafortuna?»

Sorrisi, conscia di avere gli sguardi dei presenti tutti su di me.

«Da piccola ero solita trascorrere le vacanze estive in Italia, in Toscana. Un giorno, in spiaggia, conobbi un bambino di nome David. Ricordo ancora quanto sapesse essere dolce e simpatico. Anche le nostre famiglie fecero amicizia e così ne nacque un'allegra combriccola, con la promessa di rivedersi ogni anno e trascorrere l'estate assieme, stesso posto, stesso periodo. L'ultima volta che lo incontrai avevo nove anni e mi regalò un braccialettino in tela, di quelli che si vendono ai mercatini, prendendone uno anche per sé. Diceva sempre che quando ne avessi avuto bisogno, guardando quel braccialettino, mi sarei sentita meno sola e così anche lui. Non potevo ancora sapere che da allora non l'avrei più rivisto né sentito; dovettero trascorrere due estati prima di convincermi che non sarebbe più tornato». Sorrisi triste. «Il suo volto torna ancora a farmi visita e non posso fare a meno di domandarmi se stia bene». Mi accarezzai il polso, soffermandomi sul cordoncino colorato. «Per quanto possa sembrare sciocco, non mi dispiace indossarlo tutt'oggi».

Seguì una quiete surreale, che pose fine alle mie confessioni.

«Vi andrebbe del gelato?»

«Ci hai letto nel pensiero».

«Vado e torno».

Il tempo di recarmi in centro, prendere qualche

vaschetta e sarei rientrata, al massimo entro una ventina di minuti.

«Ti accompagno». Era stato Daniel a parlare, un tono deciso e risoluto.

«Non è necessario, faresti un viaggio inutile. Tornerò prima di quanto immagini».

Mi fissò scettico per poi annuire, un sorriso sghembo in volto.

«A tra poco».

La bella stagione aveva lasciato posto a un'aria decisamente più frizzantina, a cieli cupi e tristi, a colori spenti e lugubri, spalancando le porte all'autunno.

Avanzavo decisa, indossando fiera il mio cappottino dai toni marroni, mentre incrociavo qualche sguardo estraneo; nonostante il tempo non fosse tra i più indicati, desideravo davvero qualcosa di fresco che potesse dare sollievo alla mia gola arsa.

Presi un paio di vaschette con quanti più gusti – così da soddisfare ogni golosità – assicurandomi che venissero riempite fino a strabordare, più una piccola coppetta take-away per la mia cara vicina di appartamento: speravo avrebbe apprezzato.

Come previsto, sarei rincasata in un battito di ciglia quando, poco dopo essermi allontanata dalla pasticceria, mi scontrai contro qualcosa o, meglio, qualcuno.

La verità è che stavo guardando verso il basso, intenta a riporre il portafoglio in borsa, andando così a sbattere contro l'onnipresente: da quel momento mi decisi a soprannominarlo in quel modo.

Sentii due braccia forti trattenermi dal capitolare a terra, in una rovinosa caduta.

«Tutto bene?»

Mi aggrappai a quella che, successivamente, riconobbi essere una spalla marmorea, specchiandomi negli occhi di Luke che mi fissava con un'espressione a metà tra il divertito e il preoccupato.

«Ehi…» allentò la presa solo dopo essersi assicurato che potessi reggermi sulle gambe. «Ciao».

Era in quel genere di situazioni che tornavo a maledire la mia timidezza.

«Ciao». Rilassai le spalle, riprendendo a respirare. «Bella presa».

«Di nulla».

Lo scrutai volgere lo sguardo alla busta che tenevo tra le mani, ancora integra grazie alla sua prontezza di riflessi, ma sul punto di strapparsi da un momento all'altro per quanto colma e pesante. «Carenza di affetto?»

Sorrisi divertita.

«Sono in quella fase di studio matto e disperato pre-sessione; ho pensato che una dolce pausa potesse essere d'aiuto».

«Ti capisco, lo stesso vale per me. Anche da noi è iniziato il periodo di reclusione».

Iniziammo a camminare l'uno accanto all'altra in uno scambio reciproco di occhiate furtive. Portava in spalla un piccolo zainetto nero; sembrava pesante, tanto da fare concorrenza alla mia *shopper*.

«Se ti accompagnassi a casa sarebbe un problema? Avevo promesso a Daniel che gli avrei portato dei vecchi libri di matematica e mi ha detto di passare da te».

Questo spiegava perché non avesse ancora voltato altrove.

«Nessun problema, davvero».

«Hai pensato ti stessi pedinando?»

«Sì…»

Seguì un momento di silenzio che mi parve sconfinato.

«Per poi pentirmene subito dopo».

Lo osservai rilassare le spalle, un sorriso lieve; continuammo la nostra passeggiata, lui con le mani in tasca, taciturno, e io col fiato corto e una morsa allo stomaco.

«Non ti ho ancora ringraziato per quel sabato, al locale. Avrei dovuto farlo subito, sono stata imperdonabile».

«Non ho fatto nulla di speciale, è stato un piacere esserti d'aiuto».

Trattenne il fiato non appena realizzò di essersi riferito solo a me; avvertii le gote infiammarsi.

«Luke…»

«Se posso esserti parso insistente o indisponente mi dispiace, davvero. La verità è che vorrei conoscerti».

Spostai il peso da una gamba all'altra, nervosa, iniziando a ponderare le parole per non risultare brutale. «Potrebbe apparirti anormale, ne sono consapevole, ma non nutro interesse per alcun tipo di relazione che non sia amicizia».

Non era mai facile affrontare quel genere di argomentazione.

«L'ultima cosa che desidero è dare false speranze e ferire qualcuno».

Vidi Luke scrutarmi intensamente.

«Sei sempre così diretta?»

«Abbastanza».

Sospirò, poggiandosi alla ringhiera accanto. «Signorina Johnson, credo si stia dando un po' troppa importanza».

«Ah si?»

Proruppe in uno sghignazzo fragoroso, per poi fissarmi serio. «Vorrei solo esserti amico, Francis».

Non appena lo sentii pronunciare il mio nome fui certa di aver perso un battito; da quando l'avevo conosciuto, quella era la prima volta.

«Perché me?»

«Ti trovo una persona fuori dal comune».

«Mi conosci appena».

«Mi basta».

Lo osservai divertita.

«Sei sempre così insistente?»

«Solo con chi mi interessa davvero».

«Sei un osso duro».

«Anche tu non scherzi».

Restammo in silenzio per un tempo infinito, presi a scrutarci l'un l'altra, quando realizzai di essere arrivata a casa.

«Vorresti...» le parole mi uscirono spontanee «vorresti unirti a noi?»

Lo vidi sorridermi mentre declina, cortese, l'invito.

«Ti ringrazio ma devo tornare alla mia triste reclusione».

In cuor mio speravo rifiutasse ma, con mia sorpresa, mi scoprii anche dispiaciuta. «Sarà per un'altra volta».

«Certo».

Si avvicinò, porgendomi i libri di cui mi aveva parlato. «Potresti darli a Daniel da parte mia, per favore?»

Li afferrai decisa, stringendoli al petto. «Ti fidi?»

«Non dovrei?»

Lo salutai con un rapido cenno della mano, apprestandomi a scomparire oltre il portone.

«Francis!»

La sua voce proruppe forte, rombante.

«Amici?»

«D'accordo».

Sorrisi timidamente per poi defilarmi e bussare alla mia cara vicina di appartamento.

«Francis?»

Sollevai la coppetta, accostandola alla guancia. «Dicono sia il migliore della città».

«Che pensiero gentile, grazie cara. A proposito, sbaglio o era Luke il ragazzo con il quale ti ho vista conversare poco fa?»

Mi pareva strano non si fosse accorta di nulla.

«Vengo a trovarla presto, promesso».

«Vedo che andate parecchio d'accordo».

«Non è come sembra».

«Immagino».

Tolsi il disturbo mentre mi apprestavo a raggiungere gli altri, avanzando indaffarata tra libri e vaschette di gelato.

«Ci stavamo preoccupando, dove eri finita?»

Fissai Ariane interrogativa, dando un'occhiata furtiva al mio orologio da polso; era trascorsa quasi un'ora.

«Da nessuna parte». Porsi i libri a Daniel. «Ho incontrato Luke, mi ha chiesto di darti questi».

«Ha lasciato detto altro?»

«Avrebbe dovuto?»

Scosse la testa, sollevando gli ingombranti tomi di matematica.

«Questi ci saranno utili per l'esame di analisi».

Lo scrutai volatilizzarsi in cucina; non riuscivo a capire se fosse infastidito o altro. «È per Luke che hai tardato?»

Ariane mi osservava maliziosa. «Vi abbiamo visto conversare sui gradini della scalinata, sembravate piuttosto intimi».

Finsi di non averla udita.

«La pasticceria era affollata, per questo ho tardato, non per Luke».

Mi lasciai ricadere stancamente sul divano quando incrociai lo sguardo di Alexandra che mi si era appollaiata accanto, lo sguardo vispo, in trepidante attesa di chissà quale rivelazione.

«L'ho incontrato sulla via di casa, doveva portare dei libri a Daniel e abbiamo fatto il tragitto assieme, tutto qui».

Ripensai a quanto accaduto con Luke, alla sua presa salda, alla sua testardaggine e al suo sguardo tanto deciso quanto disarmante, soffermandomi sul cielo grigio, del color del mare in tempesta, sui tronchi scarni e spogli e sui colori spenti della città, mal celando un sorriso amaro. «Testardo».

***

Quella notte, la prima di una serie, sarebbe rimasta impressa in modo indelebile nei miei ricordi; anche volendo, non credo sarei mai riuscita a cancellarla.

Mi ero messa a sedere, incapace di prendere sonno, sfogliando le pagine dell'ultimo best seller quando sentii un urlo provenire dalla camera di Ariane.

«Ari!» D'istinto mi precipitai alla porta accanto, spalancandola; rimasi profondamente colpita nel vedere la mia coinquilina a terra, in ginocchio, con una mano alla gola e il fiato corto. «Ariane!» Le andai incontro, cingendole la schiena e scostando le ciocche bionde che le ricadevano, disordinate, sul volto. «Ari, guardami!» Le accarezzai la testolina folta, fingendo una sicurezza che non avevo. «Respira». Cercai di assumere un tono deciso nonostante fossi pervasa da paura e spavento. «Brava, così».

Gli occhi lucidi, le labbra screpolate, il viso pallido e sciupato; la voce fuoriuscì debole, in un balbettio sommesso. «È stato solo un brutto incubo».

«Sicura?»

Annuì decisa, coprendosi il volto con le mani. «Non è nulla, davvero, solo uno dei miei incubi ricorrenti».

Me ne aveva accennato, tempo addietro, rassicurandomi sul fatto che non vi fosse nulla di cui preoccuparsi

«Ti fa male?»

Si cinse il ventre, un'espressione sofferente in volto. «No».

«Forse dovremmo andare in ospedale, non hai un bell'aspetto».

Mi afferrò il polso. «Per dire cosa? Che ho avuto un incubo e sono caduta dal letto?»

La aiutai a sedersi. «Vuoi che rimanga qui con te?»

«Se dovessi aver bisogno, prometto di chiamarti. Parola di lupetto».

La osservai sforzarsi di sorridermi. «Torna a dormire, Francis, non hai una bella cera».

«Allora siamo in due».

«Ti prego…»

«Ariane…»

«Per favore…»

Abbassai il mento, decidendomi a lasciarla sola, seduta sul materasso, a gambe incrociate e le mani tra i capelli.

«Sono qui accanto».

Mi sorrise riconoscente, dandomi le spalle.

«Notte, Francis».

«Notte, Ari».

Rimasi a scrutare l'oscurità circostante col cuore in tumulto e la mente annebbiata, un magone in gola e una sensazione sinistra lungo la schiena, pregando che quel presentimento infausto mi abbandonasse.

Non fu così.

5

Natale, il periodo più magico dell'anno, aveva finalmente fatto capolino, inondando il mondo di luci scintillanti e addobbi colorati.

Ero contenta di aver fatto ritorno a casa per trascorrere le festività in famiglia ma, allo stesso tempo, sentivo di esserne anche un po' rattristata.

Nonostante Milano fosse il mio rifugio, il mio angolo di paradiso, New York mi mancava, così come la vita che avevo iniziato a costruire, giorno dopo giorno, in quella nuova città. Trascorrevo le giornate alternandomi tra libri e riunioni di parentado, dedicando il resto del tempo ai miei vecchi amici d'infanzia ma soprattutto ai miei cari compagni di college. Avevamo preso l'abitudine di sentirci pressoché tutti i giorni, così da sopperire alla distanza, confrontandoci sui temi d'esame e spettegolando delle novità del momento, specialmente della nostra inusuale routine quotidiana, libera da lezioni universitarie.

Era esilarante svegliarsi nel cuore della notte in pigiama, con i capelli arruffati e due occhiaie violacee sapendo che, al contrario, Daniel e Alexandra chiamavano da una New York pomeridiana.

Ariane aveva fatto ritorno a Torino mentre io, nel frattempo, avevo perso ogni contatto sia con Thomas che con Luke, il che era anche piuttosto comprensibile dato che non possedevo alcun recapito né uno straccio di mail. Sapevo che si sentivano con Daniel il quale, ogni tanto, carinamente, si premurava di aggiornare me e le ragazze sul loro stato di salute e non; pareva fossero reclusi, come noi, a studiare per l'imminente sessione invernale.

Una volta trascorso Capodanno ripartii per gli USA, decidendo di rientrare anticipatamente rispetto a quanto programmato.

Avevo intenzione di approfittare della libreria del campus per gli ultimi approfondimenti e di riambientarmi quanto prima a New York, in vista degli esami; Ariane mi avrebbe raggiunta una settimana dopo, non di più.

La neve aveva spento l'autunno, portando con sé venti gelidi e inospitali, imbiancando con il suo candore l'intera città tanto da avere l'impressione di trovarmi in un paesaggio fiabesco, di quelli che si è soliti leggere nelle favole per bambini.

Lasciavo correre lo sguardo da un tomo all'altro della biblioteca mentre contemplavo la bellezza dell'arredamento in legno, l'imponenza degli scaffali ricolmi, nonché lo scintillio delle vetrate sui viali imbiancati.

Sommersa da una pila di manuali tale da farmi scomparire, vagavo incerta tra i corridoi alla ricerca di un angolo lontano da brusii e bisbigli indesiderati.

Scelsi di accomodarmi presso un grazioso tavolino, iniziando a spargervi la mole di conoscenza che tenevo tra le braccia, quando lanciai – furtiva – uno sguardo sconsolato ai peccaminosi biscotti riposti in borsa.

Dopo aver fatto ritorno nella Grande Mela, Antonia si era premurata di farmi visita pressoché tutti i giorni in attesa dell'arrivo di Ariane, preoccupandosi di portarmi qualcosa da sgranocchiare in questo stressante periodo di studio disperato.

Temeva non mangiassi abbastanza e ne era così preoccupata da cucinarmi interi menù, soprattutto dolci: i biscotti erano la sua specialità.

«Vediamo un po'…»

Uno sguardo attento avrebbe colto l'infinita possibilità di scelta: integrali, al cioccolato, con crema e anche alla marmellata.

«Che esagerazione…»

La mia golosità non poteva che esserle grata, il giro vita e il mio essere salutista un po' meno. Portai le mani dietro la nuca, stanca, ritrovandomi al centro di un paio di sguardi indiscreti.
«Che siano…»

Thomas e Luke parevano un tantino sconvolti: la capigliatura arruffata, due occhi stralunati, gli zaini in spalla più due tracolle, con molta probabilità ricolme di dispense a giudicare dai fogli traboccanti, e diversi manuali tra le braccia.

Schiusi le labbra, sorridendo a mia volta – convinta volgessero altrove – quando li osservai venirmi incontro e sedermisi accanto.

«Ciao Francis!»

Sarebbe stato indelicato andarmene o indurli a spostarsi e, dopotutto, si rivelarono due compagni di studio invidiabili; mi salutarono senza domandarmi altro, probabilmente per timore di disturbarmi oltre, dibattendosi tra chimica e biologia.

Thomas sembrava il più impensierito dei due,

un'espressione corrucciata in volto, le labbra serrate, una matita mal riposta dietro l'orecchio e le dita della mano destra in perenne movimento. Luke, al contrario, pareva distinguersi per una calma e una tranquillità disarmanti, ma uno sguardo di gran lunga più capace avrebbe colto la tensione nelle linee del suo volto angelico. Qualche volta mi capitò di incrociare i loro sguardi, specialmente quello dell'onnipresente; mi sorrideva pacato, dando di tanto in tanto una sbirciatina alle mie risoluzioni.

«Francis...» Con mia sorpresa lo vidi affiancarmisi segnando, con un rapido gesto del polso, un'aggiunta alla formula che stavo sviluppando. «Meglio, no?»

Sentivo il suo respiro solleticarmi il volto, come una leggera brezza; il pensiero andò al rossore che doveva essermisi palesato sugli zigomi.

Schiusi le labbra, pericolosamente vicina al suo volto, tanto da dover soffocare un rantolo; mi fissava dolce quanto incerto, in attesa di una mia reazione.

Luke sembrava un ragazzo determinato, dalle idee chiare, deciso a prendere e a dare il meglio nella vita. La presunzione e la saccenteria non gli appartenevano, tantomeno l'arroganza di volersi pavoneggiare; avremmo potuto dare vita a stimolanti conversazioni sul mondo che ci stavamo apprestando ad affrontare, sulle ambizioni e le speranze future: un'occasione per allargare i propri orizzonti, conoscere nuovi punti di vista e avere costruttivi confronti formativi.

Sostenni lo sguardo con aria di sfida, un sorriso malizioso, quando mi avvicinai maggiormente, cogliendolo impreparato. «Qui...» Lo scrutai a lungo, superando il bel viso angelico per raggiungere il compito di chimica. «Meglio, no?» Feci una correzione, così da completare l'esercizio a cui si stava dedicando, ritraendomi composta; già avvertivo gli angoli delle labbra curvarsi in un'espressione soddisfatta. Thomas che nel frattempo – come destatosi da un sogno – aveva assistito all'intero teatrino mi osservava perplesso.

«Grazie, Francis».

«Di nulla, Luke».

Se pensava di impressionarmi con lo studio aveva trovato la ragazza sbagliata, si sarebbe dovuto impegnare ben più seriamente; decisi quindi di volgere l'attenzione altrove, lasciando cadere dei biscotti al centro del tavolo.

«Non fate complimenti».

Proseguii gli studi come se nulla fosse, lo sguardo fisso sul manuale quando li vidi sorridere e approfittare del mio invito.

Quello fu solo l'inizio di una lunga serie di momenti di condivisione a cui avrebbero preso parte anche le ragazze e Daniel. Rimanemmo così, col capo chino, le spalle curve, l'aria assorta e le matite tra i capelli, sommersi da fogli e manuali, ognuno dedito ai propri studi, silenziosi quanto complici.

***

I giorni a seguire si rivelarono intensi e scorrevoli, tanto da ritrovarmi all'inizio del secondo semestre in un battito di ciglia.

Tutti riuscimmo a superare la prima ondata di esami e con buoni risultati. Condividevo il primato con Ariane, i due surfisti della California – un paio di amici inseparabili, simpatici e piuttosto eccentrici che mi era capitato di vedere di rado a lezione – e Sara Ferguson, più grande di noi di un paio di anni. Mi limiterò a descriverla come una delle lingue più biforcute e maligne di tutto l'ateneo; non mi soffermerò sul suo cinico sarcasmo, sulla sua totale mancanza di sensibilità né sulla sua sconfinata presunzione: in sintesi, un personaggio piuttosto vivace.

L'avevo sorpresa a osservarmi in più di un'occasione; non mi aveva mai rivolto la parola ma i suoi occhi parlavano per lei. Mi scrutava guardinga, dall'alto al basso, come se ciò bastasse a intimorirmi; avevo già avuto a che fare con ragazze come lei e, nonostante sperassi nel contrario, non sarebbe stata l'ultima volta. Non ero più quella di un tempo, troppo buona per controbattere a provocazioni e offese ma, ciò nonostante, confidavo rimanesse a debita distanza.

Anche Luke e Thomas iniziarono a far parlare di sé; entrambi possedevano un'infinita modestia ma, a giudicare dai commenti di Daniel, erano già stati eletti tra le menti più brillanti del corso, specialmente l'onnipresente.

Le settimane a venire furono movimentate, susseguendosi rapide, una dopo l'altra; le lezioni ripresero a pieno ritmo, gli incontri in biblioteca si intensificarono così come i ritrovi nel week-end, le ricche colazioni e i tè pomeridiani con Antonia.

Alexandra e Daniel avevano legato particolarmente, tanto da domandarmi dove li avrebbe condotti quell'intesa. Thomas rimaneva l'eterno Peter Pan del gruppo, mentre Luke sembrava rispettare i patti, avvicinandosi non più di quanto desiderassi. Ariane parve più serena, così come divennero meno frequenti gli incubi che, di recente, avevano impensierito anche le mie giornate.

Sembrava che ognuno di noi stesse trovando un equilibrio, una quiete che mi auguravo potesse protrarsi a lungo.

Il rigido inverno che aveva messo in ginocchio la città per così tanti mesi si arrese finalmente alla primavera che proruppe in tutti i suoi meravigliosi colori e profumi, inondando New York di spettacolari fioriture e armoniosi cinguettii.

Ebbe così inizio la stagione delle lunghe passeggiate al parco, nel verde rigoglioso e lussureggiante della città.

Quella domenica io e le ragazze avevamo optato per un piacevole giro in barca; il sole splendeva alto sulla city, il cielo era tinteggiato di soffici nuvole bianche, i ciliegi profumavano di zucchero filato e le famiglie si erano riunite al parco per un picnic pomeridiano.

Ad attenderci sulla riva vi era la pittoresca barchetta che avevo noleggiato; mi ci sedetti composta quando notai Alexandra osservarmi titubante.

«Io...» l'incarnato roseo aveva lasciato spazio

a un pallore grigiastro, innaturale. «Non me la sento, davvero, credo proprio vi aspetterò qui. Ne approfitterò per fare qualche foto, in attesa dell'arrivo dei ragazzi. Dopotutto ci raggiungeranno a breve».

Aveva un tono di voce sommesso, sembrava intimorita.

«Ale...» mi balenò un pensiero «Ale tu sai nuotare, vero?»

Non appena la vidi abbassare il volto, assunsi un'espressione sconsolata. «Perché non hai detto niente?»

«Perché mi vergognavo, è semplice. Chi al giorno d'oggi non sa nuotare? Non si è mai sentito di una ragazza del nuovo millennio incapace anche solo di galleggiare. Ho sempre avuto paura dell'acqua e non sono mai riuscita a vincerla».

La osservai intenerita.

«Eravate talmente entusiaste che mi spiaceva rovinarvi la giornata. Pensavo di riuscire a superare la paura, insieme a voi, ma non sono abbastanza forte».

«Non avresti rovinato proprio nulla, semplicemente avremmo optato per un giro in bicicletta».

«Adesso voglio che andiate entrambe su quella graziosa barchetta senza preoccuparvi della sottoscritta. Ci rivedremo tra un'ora, io sarò qui ad aspettarvi coi ragazzi, intesi?»

A nulla valsero i tentativi di ribattere, al contrario sortirono l'effetto opposto, col risultato di farla irritare ancor di più, rendendola una despota.

«Agli ordini, capo».

Così, senza indugiare oltre, iniziai a maneggiare i remi con di fronte Ariane, particolarmente silenziosa.

«Pronta?»

«Certo».

Più la barca si allontanava e più osservavo la figura di Ale farsi piccola.

«Che bellezza».

Mi stesi lentamente, rivolgendo lo sguardo al cielo, le braccia dietro la nuca. «Già».

Avvertivo il calore del sole bruciarmi il volto, il rumore delle increspature d'acqua fare da sottofondo.

«Sei silenziosa Ari, sicura vada tutto bene?»

Non potevo vederla ma ero sicura di averla colta impreparata.

«Mi sto godendo la tranquillità del momento».

Chiusi gli occhi, riflettendo sugli eventi degli ultimi mesi e pensando a quanto fossi fortunata ad avere una famiglia amorevole e degli amici fidati; avrei tanto voluto che quel momento non finisse mai.

«È così rilassante».

«Già».

Continuai a viaggiare con la mente quando sentii qualcosa di umido solleticarmi le gambe. «Basta schizzarmi o finirò bagnata come un pulcino».

Nessuna risposta; sollevai il mento, incontrando gli occhi interrogativi di Ariane. «Io non ho fatto proprio nulla».

«Non è divertente».

«Non sto scherzando».

Feci per ribattere quando, ancor prima di rendermene conto, sprofondai in un lago d'acqua.

«Ma cosa…?»

Mi sollevai di scatto, portandomi accanto ad Ariane che nel frattempo era rimasta immobile, troppo pietrificata per fare qualcosa.

«Stiamo imbarcando acqua!»

«Ti prego, no…»

La presi per un polso, cercando di tranquillizzarla, mentre iniziai ad agitare le braccia così da richiamare l'attenzione di Alexandra.

«Non muoverti, Ari!»

Continuavamo a sprofondare; di questo passo ci saremmo inabissate ancor prima di arrivare a riva.

«Non agitarti».

«Francis…» Ariane aveva le mani ancorate ai bordi, le spalle contratte, il respiro affannato e un'espressione preoccupata in volto «Devo farti una confessione».

Sembrava una bambina impaurita, col volto imbronciato, le labbra tremule e due occhioni spaventati.

«Ti prego, no».

Trattenni il fiato, assumendo un'espressione sconcertata.

«Ti prego, non dirlo».

«Non so nuotare».

Ecco, l'aveva detto.

«E cosa aspettavi a farmelo presente? Tu e Alexandra vi siete messe d'accordo?»

«Morivo sinceramente dalla voglia di fare questo giro in barca e sapevo che al tuo fianco non avrei avuto nulla di cui preoccuparmi. Come potevo immaginare che ci fosse una falla?»

Portai l'attenzione sulle mie sneakers, ormai

sommerse; l'acqua stava superando le caviglie. «Così non va…»

«Francis!»

Sollevai lo sguardo, incontrando quello dei ragazzi.

«Sono arrivati!»

Per quanto non fossi entusiasta all'idea di finire in acqua, ero più preoccupata per Ariane che per me; scorsi Luke e Daniel trascinare una delle poche barche rimaste.

«Si sta rompendo…»

«Ascoltami bene, Ari» la presi per le spalle, un gesto secco delle mani. Forse avrei potuto guadagnare ancora un po' di tempo, almeno per lei. «Qualunque cosa accada non fare movimenti bruschi, resta ferma, Luke e Daniel saranno qui a momenti».

Mi fissava perplessa, un'espressione stranita. «Cosa hai intenzione di fare?»

«Non preoccuparti. Resta ferma e tieniti ancorata ai bordi, d'accordo?»

Avrebbe voluto replicare quando la sentii urlare: «Francis!»

Non fingerò sia stato un tuffo piacevole, di quelli che si vedono in piscina o al mare; l'acqua era gelida, tanto da trafiggermi il corpo come tanti, piccoli spilli fastidiosi.

«Francis!»

L'imbarcazione pareva aver rallentato, seppur di poco, il suo inevitabile naufragare.

«Dannazione, Francis!» Ariane mi si fiondò vicino, osservandomi dall'alto. «Sei impazzita?»

La scrutai risoluta. «Non può più reggere il

peso di due persone, di questo passo saresti capitolata in acqua ancor prima di rendertene conto e tu non sai nuotare». Le sorrisi, stringendole la mano. «Stai tranquilla, io sono qui e i ragazzi stanno arrivando».

Nonostante la situazione non fosse tra le più felici mi veniva da ridere; non era così che immaginavo la mia prima gita in barca a New York.

«State bene?!»

Mi voltai appena, giusto in tempo per scorgere Luke e Daniel affiancarmisi.

«Ariane non sa nuotare!»

Mi fissarono seriosi, salvo annuire e dirigersi verso di lei.

«Non muoverti, Ari!»

Vidi Daniel sporgersi e afferrarla per le braccia, aiutato da Luke; la spinsero a sé quando, di colpo, la nostra barca cedette, sprofondando sul fondo del laghetto.

«Non lasciarla, Daniel!»

Ariane finì quasi interamente in acqua venendo, tuttavia, sorretta dalle braccia forti dei ragazzi che si prodigarono a tirarla a sé.

«Ci siamo quasi!»

«Tieni duro, Ari!»

Sospirai – rincuorata – quando la vidi finalmente sana e salva mentre tentavo di ignorare, anche se con scarsi risultati, l'acqua sporca e melmosa.

«Francis!»

Nonostante mi sforzassi di frenare i pensieri, non potei fare a meno di immaginare il mio aspetto; con ogni probabilità avevo il trucco sfatto e i capelli impresentabili: per quanto riguarda il vestitino di cui andavo tanto fiera, meglio dimenticarsene.

Galleggiavo con leggiadria quando incrociai gli occhi dell'onnipresente.

«Stai bene?»

«Sono stata meglio, ma grazie comunque».

Sorrise, tendendomi una mano che afferrai prontamente per spingermi verso l'alto, aggrappandomi ai bordi, quando vidi la barca ribaltarsi.

«Tienila!»

Daniel afferrò Ariane mentre Luke venne spinto all'indietro, capitolando sulla schiena. «Non può funzionare…»

Mi allontanai di getto, sconsolata.

«Tornerò a nuoto, è sufficiente che mi scortiate a riva».

«No Francis, non se ne parla!»

Feci per ribattere quando intravidi qualcosa cadere in acqua.

Mi voltai giusto in tempo per notare Luke fissarmi con sguardo risoluto, poco distante da me; anche in quello stato, fradicio e ricoperto di melma, riusciva a essere piacente. «Preferirei prendessi il mio posto ma qualcosa mi dice che non saresti d'accordo, per cui ti propongo una nuotata in compagnia».

«Hai ragione, non sono per niente d'accordo».

Lo osservai scoppiare a ridere, un'espressione compiaciuta in volto. «Ah sì?»

«Già».

Mi detti – decisa – una spinta verso l'alto, riversandomi dentro la graziosa barchetta in legno, il tutto sotto gli sguardi attoniti dei presenti.

«Ecco fatto».

Mi sistemai composta, fingendo indifferenza; anche volendo, non credo sarei mai riuscita a descrivere l'espressione esilarante del suo volto.

«Non sono d'accordo a non prendere il tuo posto. Dato che ti sei offerto con così tanta galanteria, credo proprio ne approfitterò. A te l'onore di concludere questa piacevole nuotata».

Mi guardò stranito, salvo prorompere in una risata fragorosa e schizzarmi dell'acqua, fintamente risentito. «Me ne ricorderò signorina Johnson, grazie tante».

«Il piacere è mio, signor Thomson».

Fortunatamente non eravamo molto distanti e Luke, da sportivo che era, non ebbe alcun problema a tornare a riva.

Ariane, invece, sembrava ancora intimorita; tuttavia, lo spavento sembrò diminuire quando si vide abbracciare da Alexandra.

«Se…» Thomas continuava a passarsi, nervoso, le mani tra i capelli «se volevate spaventarci ci siete riuscite».

Incontrai il volto di Daniel; anche lui mi fissava impensierito.

«Si è risolto tutto per il meglio, questo è l'importante».

Ricambiai lo sguardo di Luke, ringraziandolo tacitamente; mi scrutava, fingendo una tranquillità che in quel momento non aveva.

Per quanto si sforzasse di ostentare sicurezza e mostrare imperturbabilità, non sarebbe mai riuscito a nascondere del tutto le proprie emozioni.

Quanto a me, non amavo recitare la parte della donzella in difficoltà, preferivo di gran lunga prendere l'iniziativa e salvarmi da sola ma, in quel frangente, mi scoprii contenta del gesto di Luke; dopotutto, si era offerto spontaneamente e poi morivo dalla voglia di stuzzicarlo. Nonostante quel pomeriggio non si rivelò come l'avevo immaginato, fu comunque annoverato tra i momenti da ricordare; restammo in riva al lago ancora per un po', a sorridere e a ridere, con i vestiti fradici, impresentabili, il vento tra i capelli e tanta felicità nel cuore.

6

A essere onesta non avevo mai partecipato a un ballo anche se mi ero spesso immaginata in abito lungo, con una profonda scollatura dietro la schiena, un'acconciatura morbida e un paio di tacchi vertiginosi.

Tra qualche settimana New York avrebbe ospitato un evento in grande stile a Central Park dedicato a noi universitari, con musica, danze e tanto altro intrattenimento.

Le ragazze del campus fremevano dall'euforia, emozionate, un po' come me e Ariane; l'unica a non sembrarne molto entusiasta era Alexandra. Si vergognava, temeva di fare brutta figura a causa del suo fisico sgraziato e del suo aspetto poco piacente; questo, almeno, era quello che continuava a ripetermi da giorni, nonostante cercassi di convincerla del contrario. Ogni volta che qualcuno tentava di affrontare l'argomento abbassava lo sguardo, defilandosi silenziosamente.

Quel pomeriggio ci eravamo ritrovate con Antonia, fiduciose in un suo intervento provvidenziale; speravamo potesse esserci d'aiuto e offrirci uno dei suoi schietti, ma preziosi, consigli. Le avevo accennato di Alexandra e in tutta risposta mi aveva strizzato l'occhiolino con un'espressione risoluta in volto.

«Bene ragazze, abbiamo un ballo per cui prepararci».

Il colorito roseo di Ale era già sfumato in un

grigiore malaticcio al suono della parola "ballo".

«Conosco un'amica che gestisce un negozio in centro, potrebbe fare al caso nostro».

«Ma...»

Antonia non diede il tempo di replicare in alcun modo, perciò ci limitammo a seguirla, ubbidienti. «Potresti darci qualche indizio, almeno?»

«Non penso proprio». Si ostinava a non rivelare nulla, preferiva di gran lunga farci una sorpresa.

«Niente di niente?»

«No».

Nel frattempo, mi guardavo attorno, contemplando le vetrine scintillanti delle boutique newyorkesi, così raffinate ed eleganti e, soprattutto, irraggiungibili.

«Siamo arrivate».

Improvvisamente andai a sbattere contro Ariane; non mi ero resa conto del fatto che avesse arrestato il passo.

«È questo?»

Incontrai lo sguardo di Antonia mentre mi indicava, compiaciuta, uno dei negozi più in vista della città.

«Non dirai sul serio?»

Sarebbe stato incantevole poter indossare uno di quei favolosi abiti da dive hollywoodiane.

«Certo, Francis».

Schiusi le labbra quando mi sentii afferrare per il polso venendo, letteralmente, trascinata nella boutique insieme alle ragazze, nonostante i tentativi maldestri di divincolarmi per convincere Antonia a volgere altrove.

«Non credo sia una buona idea».

«Sciocchezze».

Venni catapultata all'ingresso dove scorsi una signora dai modi raffinati, dalle movenze aggraziate e dal sorriso dolce venirci incontro.

«Antonia è sempre un piacere vederti, dovresti farmi visita più spesso».

«Hai ragione cara, non ho scusanti ma ultimamente sono stata davvero impegnata».

Sgranai gli occhi, cercando di immaginare a cosa si riferisse quando diceva "impegnata" se si escludevano i nostri tè pomeridiani, le colazioni della domenica e le saltuarie visite serali, in settimana.

«Avrei bisogno di chiederti una cortesia».

«Credo di aver già compreso».

Ero rimasta in un angolino, così come le ragazze, incerta sul da farsi, persa a contemplare l'indiscussa raffinatezza del locale, caratterizzato da così tanta eleganza e buon gusto.

«Francis...»

Mi voltai, soffocando un rantolo; Alexandra era paonazza, temevo sarebbe svenuta da un momento all'altro.

«Ehi...» Schiusi le labbra, cercando di non dare nell'occhio. «Respira».

«Prima tu».

Sorrisi appena vidi la signora Follows venirmi incontro.

«Antonia mi ha parlato molto di voi, è un piacere conoscervi».

«Il piacere è nostro».

«Vediamo cosa posso fare».

Osservai la dolce stilista scomparire oltre il bancone, rivolgendomi così ad Antonia. «È gentile da parte tua, e ti ringrazio molto, ma non credo di poter affrontare una spesa simile» dissi diretta, senza troppi giri di parole o convenevoli, come piaceva a lei. Ariane e Alexandra annuirono convinte, imbarazzate quanto dispiaciute, specialmente Ari. «In realtà...»

Antonia mi osservava impassibile, tanto da farmi preoccupare, quando la vidi prorompere in una risata rumorosa. «Mia cara, non temere, nessuno ha parlato di acquisti».

Proprio non capivo dove volesse andare a parare.

«A Susan servirebbe un po' di pubblicità per i modelli della nuova collezione e l'evento di cui mi hai parlato viene solitamente organizzato pressoché tutti gli anni dalla gente bene di New York, in onore di voi giovani universitari». Mi sorrise maliziosa. «Ci saranno intellettuali, rettori nonché gli uomini più influenti della city, con tanto di mogli al seguito. Quale occasione migliore di questa per sfoggiare cotanta bellezza?»

«Ma...»

«Si tratterà di un semplice prestito, nulla di più, garantirò io per voi. Concluso l'evento, restituirete tutto a Susan». Prese un respiro profondo. «Non vorrai permettere a quella Sara Ferguson di rubarti la scena?»

Feci per replicare quando mi trovai costretta a frenare la lingua non appena notai la signora Follows palesarsi al mio fianco; quella donna aveva un passo spaventosamente leggero. Teneva tra le mani diversi modelli d'abito, uno più meraviglioso dell'altro; mi fissava dritta negli occhi, il volto illuminato da un sorriso e lo sguardo vivace. «Iniziamo?»

***

Camminavamo lungo il marciapiede una accanto all'altra, un'espressione intontita in volto, sorridendo e ridendo come delle acerbe ragazzine adolescenti; Antonia ci osservava con occhi compiaciuti, felice di averci illuminato la giornata.

«Non posso crederci!»

«Sarà meraviglioso».

Riuscivo ancora a sentire la morbidezza del tessuto sulla pelle e il profumo della stoffa nuova di zecca avvolgere ogni parte del mio corpo.

«Vorrei fosse già domenica».

Ma a strapparmi un sorriso incontenibile era stata Alexandra; sorridevo felice nel vederla così entusiasta, determinata e piena di vita, come poche volte.

Non era più titubante, scoraggiata o profondamente amareggiata, pareva quasi un'altra persona: sicura di sé e, soprattutto, grata per ciò che era, nonostante qualche chilo in più. Ariane neanche a nominarla; passeggiava col mento rivolto verso l'alto e gli occhi sognanti tanto da rischiare, in più di un'occasione, di andare a sbattere contro un palo della luce.

«Non vedo l'ora».

Ci stavamo avviando verso casa quando, inaspettatamente, incappai in colei che, fino a qualche minuto prima, era stata l'argomento principe delle nostre conversazioni; si avvicinò con passo felpato, un'aria strafottente e un seguito di fan starnazzanti.

«Ma guarda un po'…»

Speravo non si curasse della mia presenza ma, a giudicare dal soggetto, ne dubitavo; non appena mi vide rallentò, scrutandomi malevola.

«Guarda…»

Mi si fermò di fronte mentre fingevo indifferenza, sorvolando sulla vocina stridula e petulante. «Guarda chi si vede».

Un cenno del capo, senza scompormi troppo. «Sara».

«Compere?»

«Una passeggiata per le vie della city».

Sbuffò, un sorriso insolente sullo sgraziato visino tondeggiante.

«Avete già pensato a cosa indossare per il ballo di fine giugno? Non per vantarmene ma ho fatto confezionare un abito firmato apposta per l'occasione, un capolavoro. Sono proprio curiosa di vedere come vi presenterete».

Mi limitai a fissarla, pensando a dove potesse spingersi l'idiozia umana, quando la osservai sporgersi oltre le mie spalle.

«Verrai anche tu Alexandra? Sono sicura che sarai molto graziosa in abito lungo».

Lei sospirò, sconsolata.

«Perché verrai in abito lungo, suppongo. Non avrai intenzione di mostrare le tue forme, come dire, prorompenti?»

Non avevo bisogno di vedere il volto di Alexandra, mi bastava immaginarlo.

«Ma come ti permetti?»

«Problemi, biondina?»

Bloccai Ariane per il polso; sapevo che fremeva dalla voglia di prenderla a sberle ma credevo sarebbe stato più opportuno un approccio verbale.

«Sara…» Mi avvicinai, facendo appello a tutto l'autocontrollo di cui disponevo. «Sono certa…» replicai secca, tagliente come la lama di un coltello «sono certa che il tuo abito firmato non avrà alcun problema a nascondere i fianchi sporgenti, il ventre rigonfio, la pelle flaccida, le caviglie grosse e i polpacci corpulenti. La sarta deve essersi impegnata molto, dovresti esserle riconoscente, avrà fatto indubbiamente un buon lavoro». Accennai un sorriso. «E ora perdonami ma dovremmo proprio andare».

Camminai spedita, allontanandomi da quel gruppo di bisbetiche, quando mi sentii afferrare da Ariane; mi osservava rallegrata, in procinto di scoppiare a ridere da un momento all'altro. «È stato esilarante!»

«Dici?»

Incontrai i grandi occhioni scuri di Alexandra; temevo che il commento di Sara l'avesse fatta sprofondare nuovamente in un baratro di malinconia e incertezza.

«Non dare ascolto a quella vipera».

«Vedere Sara Ferguson con quell'espressione in volto è stato impagabile!»

Prese un respiro profondo.

«Grazie Francis, davvero. E non preoccuparti, sono abituata a simili commenti, specialmente da parte di ragazze come lei».

La presi per mano, sorridendo ad Antonia.

«Qualcosa mi dice che quella spocchiosa avrà una bella sorpresa, la sera del ballo». Sogghignò, immaginando la scena. «Quanto vorrei essere lì con voi a godermi lo spettacolo».

***

Stavo rincasando, dopo aver fatto una breve sosta in biblioteca per delle dispense di macro-economia; mancava qualche giorno al grande evento e iniziavo a sentirmi pervadere da una certa euforia ma anche da tanto nervosismo.

Decisi di accorciare la strada, tagliando per il parco, nella speranza di placare il mio animo inquieto; mi sdraiai, sfiorando i sottili fili d'erba, mentre lasciavo correre lo sguardo verso l'alto. «Che meraviglia...»

Posai una mano sul diaframma, seguendone il continuo andamento altalenante, quando avvertii qualcuno sovrastarmi dall'alto e oscurare il sole.

«Ehi...»

Sorrisi nell'incontrare gli occhi di Luke.

«Tutto bene?»

«Abbastanza».

Mi scrutò silenzioso; sentivo il suo profumo inondarmi il volto e carezzarmi le gote.

«Anche tu qui?»

«Passavo quando ti ho vista e non ho saputo resistere alla tentazione di venire a salutarti».

Trattenni un risolino isterico mentre mi alzavo lentamente, riprendendo libri e borse. «Avevo bisogno di sgombrare la mente e rilassarmi un po'.

Questo è uno degli angoli che più preferisco».

«Stesso per me».

Mi osservò incerto, quasi avesse avuto paura di fare qualche passo falso.

«Sei pronto per domenica sera?»

«Tu?»

«Suppongo di sì».

Abbassai lo sguardo, picchiettando la scarpa contro il terriccio duro, quando lo sentii affiancarmisi.

«Facciamo la strada assieme?»

«D'accordo».

Non l'avevo mai visto in camicia, di un azzurro lieve, pantaloni chiari e converse bianche.

«Francis…»

Arrossii – paonazza – quando mi resi conto della piega che avevano preso i miei pensieri.

«Francis stai bene? Non avrai la febbre?»

L'oggetto delle mie fantasie si avvicinava, carezzandomi la fronte.

«Non credo…»

«Sicura?»

Trattenni il respiro, irrigidendomi.

«Sei accaldata…»

Perseveravo nel fissarlo, rendendomi conto di quanto il suo sguardo, per quanto profondo e penetrante, non fosse per nulla malizioso ma al contrario puro come quello di un bambino. «Non è nulla».

Rimanemmo in quella posa per interminabili secondi quando decisi di schiarirmi la voce, rompendo l'intimità del momento.

«Sto bene, davvero».

Gli sorrisi, fingendo una spavalderia e una sicurezza che in quel momento sentivo non appartenermi; in realtà ero ancora scossa per via di quel tocco così delicato quanto elettrizzante. «I veri amici si prendono cura l'uno dell'altro, giusto?»

«Così funziona, di solito».

Mi sentivo fastidiosamente vulnerabile, come mai nella mia vita.

«È meglio che vada, si è fatto tardi».

«D'accordo...» Si allontanò, restituendomi spazio. «A domenica, dunque?»

«A domenica».

Gli diedi le spalle quando fui presa – ancora una volta – dalla tentazione di voltarmi, proprio come quel sabato in cui Antonia si era ubriacata, anche se lì i miei occhi avevano incontrato la sua schiena, stroncando ogni aspettativa.

Decisi di riprovare, vinta dalla curiosità, scoprendolo a osservarmi non molto distante da dove ci eravamo lasciati; una volta resosi conto di essere stato colto in flagrante arrossì vistosamente, sollevando la mano in segno di saluto.

Non seppi spiegarmi il motivo ma quel gesto fu così malinconico, così triste, tanto da evocare alla memoria i miei ultimi giorni con David, in Versilia.

In Luke rividi quel bambino dai grandi occhioni blu e dalla chioma ribelle che aveva stregato le mie estati fanciullesche; portai la mano al polso, iniziando a torturare il vecchio cordoncino in tela col cuore in tumulto e una profonda, indefinibile malinconia nell'anima.

***

Luci sfavillanti, lanterne e candele illuminavano Central Park contribuendo a rendere il luogo romanticamente suggestivo; camminavo con andatura rilassata, specialmente per via dei tacchi vertiginosi.

«Ci sei, Francis?»

«Quasi».

Sentivo la schiena nuda fremere a causa della tiepida brezza estiva, la profonda scollatura scendere fin sotto la vita, dando risalto alla verticalità della colonna, nonché alle linee dei miei muscoli. «Voi siete pronte?»

Di tanto in tanto mi divertivo a carezzarmi i fianchi esili, la vita stretta, volgendo l'attenzione al lungo strascico bianco.

«Prontissime».

Mi voltai appena, ammirando la bellezza delle mie compagne di corso; Ariane era strepitosa, indossava il mio stesso modello d'abito ma in nero – aveva insistito tanto per essere la mia gemella diversa – mentre definire Alexandra stupenda sarebbe stato riduttivo: qui emergeva tutta la bravura e l'abilità di una stilista come Susan Follows. Indossava una tuta color blu notte che andava ammorbidendosi dai fianchi in giù, così da smussarne le forme pronunciate; avvolta da una raffinata stola atta a fasciarle le spalle camminava decisa e, soprattutto, fiera per quanto era bella.

«Emozionate?»

«Tu?»

«Abbastanza».

Osservai la scalinata allestita apposta per l'occasione mentre scorsi gli invitati voltarsi e ammutolire.

«Andiamo?»

Lasciammo che la folla ci osservasse ancora per un po' quando decidemmo di dare inizio alla nostra lunga e lenta discesa; tentavo di ostentare padronanza, come di consueto, mentre in cuor mio pregavo di non capitolare dalle scale, col rischio di rimanere nei memoriali di quella serata per il resto dei miei giorni.

Non credo dimenticherò mai l'espressione di Sara Ferguson al nostro arrivo; ci osservava febbrile, paonazza dalla rabbia, lasciando correre lo sguardo dai nostri volti agli abiti da sera. Non mi soffermerò sul suo completo zebrato, che molto evocava *Il libro della giungla*, assai distante dall'eleganza degli invitati.

«Non siamo cadute?»

«Fortunatamente no».

Ci affrettammo a raggiungere i ragazzi, non molto distanti; vedere Daniel, Thomas e l'onnipresente in abito da sera sortiva un certo effetto, indubbiamente gradevole agli occhi. Mi imposi, risoluta, di frenare i pensieri quando mi accorsi di averli definiti sensuali.

«Però...» Luke abbassò il volto, passandosi una mano tra i capelli. «Complimenti».

Thomas e Daniel annuirono, tentando di schiarirsi la voce con fare impacciato.

«Anche voi non siete niente male».

Ariane era indubbiamente la più spigliata delle tre, la più intraprendente e, quando necessario, anche la più sfacciata.

Ci scambiammo un paio di occhiate furtive dopo aver dissimulato l'imbarazzo e la timidezza iniziali, dando finalmente inizio alla serata.

Antonia aveva ragione; guardandomi attorno potevo contare intellettuali, rettori e diversi uomini d'affari con tanto di consorti al seguito, tutte ingioiellate e agghindate per l'occasione.

Mi voltai appena, posando lo sguardo sulla mia docente di statistica, la pazzoide, che si aggirava tra gli ospiti con viso inquisitore.

Scrutava i presenti con occhi guardinghi, le labbra serrate e un'espressione corrucciata in volto; dava l'impressione di non sentirsi particolarmente a proprio agio, al contrario della professoressa di macroeconomia che, non a caso, veniva soprannominata la diva.

«Buonasera signorina Johnson».

Sobbalzai, presa in contropiede, incontrando il volto del mio docente di matematica; camicia sbottonata, giacca stropicciata sulle spalle, una folta chioma indomita e un paio di mocassini blu smunti sulle punte.

«Buonasera professor Anderson. Piacevole serata, non trova?»

Si appoggiò maldestramente al tavolo delle bevande, un'espressione contrariata. «Odio questo genere di eventi, partecipo solo perché costretto».

La conversazione non era iniziata secondo le aspettative, perciò mi ritrovai ad annuire imbarazzata, riflettendo sul da dirsi quando decise di cambiare discorso. «Ho scommesso su di lei per la borsa di studio di quest'anno, non mi deluda».

Trattenni il respiro, tanto sorpresa quanto lusingata. «La ringrazio, farò del mio meglio».

L'inflessibile professor Anderson, il più delle volte uomo dai modi bruschi, ricambiò con un sorriso, sorprendendomi per la seconda volta.

«Si diverta».

Lo osservai defilarsi silenziosamente, così come era apparso.

«Anche lei...»

Sarebbe stato un sogno vincere la borsa di studio, tanto soddisfacente quanto economicamente utile; scontato dire che avrei dovuto confrontarmi con altri sfidanti, uno più capace dell'altro, in primis Ariane.

Mi sforzai di pensare ad altro; quella serata sarebbe dovuta rimanere tra le più indimenticabili della mia vita e non avevo alcuna intenzione di appesantirla con preoccupazioni e paranoie. Il tempo trascorse piacevole, tra intense chiacchierate e amabili passeggiate lungo i viali illuminati, almeno fin quando non ebbero inizio le danze.

Stavo conversando con Ariane quando volsi l'attenzione alla figura di Sara Ferguson; la osservai avanzare tra la folla, afferrando Luke per un polso e trascinandolo sulla pista da ballo.

«È impazzita?»

«Non credo».

L'onnipresente pareva sbigottito.

«Quella ragazza è incredibile...»

«Ari...»

«È insopportabile».

Ballavano, roteando qua e là, gli occhi dei presenti su di loro; notai Luke voltarsi spesso nella mia direzione, il volto impensierito.

«Tutto bene, Francis?»

«Perché, non dovrebbe?»

Vidi Daniel indicarmi le figure di Sara e Luke.

«È libero di ballare con chi desidera, non capisco perché dovrei esserne infastidita».

«Ne sei convinta?»

Presi un paio di respiri prima di allontanarlo affettuosamente, lasciandogli un bacio sulla guancia.

«Tu piuttosto, per quale ragione non hai ancora invitato Alexandra a ballare?»

Mi guardava stranito, impreparato a quel repentino cambio di argomentazione, quando scorsi Ale venirmi incontro.

«A dopo».

Se a fine serata non l'avesse invitata a ballare avrebbe dovuto affrontare la mia ira, il giorno dopo.

«Non danzi?» Portai lo sguardo su Ariane che, nel mentre, mi si era avvicinata. «Pensavo fossi con Thomas».

«Al momento è preso da una ragazza del secondo anno».

Finsi un'espressione di sbigottimento. «Non mi dire».

«Luke è ancora con quella strega, non capisco cosa aspetti a liberarsene».

«È un ragazzo vaccinato, grande abbastanza per sapere cosa fare. Può darsi che la compagnia di Sara non gli dispiaccia».

«Non crederai davvero che a Luke possa interessare una ragazza come Sara Ferguson?»

Mi voltai appena. «E se fosse? Non vedo come la faccenda mi riguardi».

«Ero convinta ti avrebbe chiesto un ballo».

Mi appoggiai alla sua testolina bionda, fissando un punto indefinito oltre il mio naso. «Non è la fine del mondo».

«Se lo dici tu».

Ero rimasta più amareggiata per il comportamento di Luke che per l'atteggiamento di quella pettegola di Sara; non l'avrei mai ammesso, tantomeno in presenza di Ariane, ma anch'io la pensavo allo stesso modo. Trovavo strano che all'onnipresente potesse piacere una ragazza frivola e perfida come Sara. È vero, quella bisbetica l'aveva trascinato in pista senza dargli il tempo di reagire, prendendolo in contropiede, ma era altrettanto assodato che, alla prima occasione utile, Luke avrebbe potuto congedarsi, se solo avesse voluto. Invece, pareva non dispiacersi della compagnia di Sara, non particolarmente almeno.

«Vado a prendere da bere. Vieni con me o hai intenzione di rimanere sotto questa fronda per il resto della serata?»

Spinsi Ari per una spalla, trattenendo un sorriso.

«Vai pure, ti raggiungo più tardi».

Mi scrutò incerta, avviandosi al tavolo delle bevande. «A dopo».

«Fai la brava».

«Anche tu».

Decisi di prendere una boccata d'aria fresca allontanandomi dal frastuono creatosi: la musica assordante, le luci folgoranti e i chiacchiericci continui, sommessi e talvolta indisponenti dei presenti, quelli ancora udibili perlomeno.

Camminai lungo uno dei tanti viali illuminati, iniziando a ritrovare pace e, soprattutto, silenzio. Quella quiete era musica per le mie orecchie; passeggiavo stando attenta a non isolarmi, assicurandomi di essere sempre in compagnia di qualcuno.

«Guarda un po'…» Sorrisi nel constatare che anche altri invitati avevano optato per angoli decisamente più tranquilli, dove pace e calma regnavano sovrani; sfilai i sandali in vernice, rabbrividendo al tocco fresco del terriccio.

La musica era ormai lontana e le mie caviglie libere da ogni catena; iniziai a ondeggiare, improvvisando un lento. «Che pace…»

Sorrisi nel sentire il vento solleticarmi la schiena, le spalle minute e il collo longilineo, lasciandomi trasportare in una danza immaginaria, immersa nel silenzio, quando notai Luke osservarmi, poco distante. «Ehi…»

Rivolse un'occhiata fugace ai sandali abbandonati sul prato. «Mi sono sempre chiesto come riusciate a indossare simili strumenti di tortura».

«Chi bella vuole apparire, qualche pena deve soffrire».

Mi fissava con occhi ridenti. «Vorrei chiederti di ballare, sempre se il tuo cavaliere immaginario è d'accordo».

Abbassai lo sguardo, colta in flagrante. «Da quanto mi stai osservando?»

«Quanto basta».

«Mi hai seguita?»

«Può darsi».

Trattenni il respiro. «Pensavo stessi danzando con Sara Ferguson, sembrava vi steste divertendo».

«Non è stato facile defilarmi senza risultare indelicato, è terribilmente appiccicosa».

«Non devi giustificarti, tantomeno con me. Hai il diritto di ballare con chi più desideri e sei abbastanza grande per sapere cosa fare».

Calò un silenzio di tomba quando mi si avvicinò, porgendomi la mano.

«Vuoi ballare?»

Lasciai che le nostre dita si intrecciassero.

«Perché no?»

Sentivo il respiro accelerare, i battiti aumentare e la schiena rabbrividire; mi strinse a sé, carezzandomi la fronte con il mento.

«Francis…»

Volevo calmarmi ma ogni parte del mio corpo sembrava impormi il contrario.

«Sei bravo…» Sollevai il volto, sfiorandogli la guancia. «Sei bravo a ballare».

«Anche tu».

«Nonostante ti abbia già pestato gli alluci?»

Feci per parlare quando lo sentii afferrarmi per la vita, sollevarmi e costringermi ad adagiare i miei piedi sulle sue scarpe in vernice nera.

«Problema risolto».

«Quando ero piccola mio padre faceva la stessa cosa per farmi ballare con lui».

Sorrise, volgendo lo sguardo al mio braccialettino in tela.

«È un portafortuna?»

«Già».

Mi prese il polso, provocandomi un brivido lungo la schiena. «E non te ne separi mai?»

«Lo trovi infantile?»

«No».

Avvertivo le sue dita solleticarmi la guancia.

«Hai freddo?»

Non mi ero resa conto di aver iniziato a tremare; mentii spudoratamente, nel tentativo di rassicurarlo, quando lo osservai avvolgermi nella sua giacca.

«Prenderai un raffreddore, Luke».

«In questo momento ne hai più bisogno tu».

Restai tra le sue braccia per un tempo incalcolabile, ondeggiando un po' a destra e un po' a sinistra, intenta ad assaporare appieno l'intimità di quel momento così dolce, finché mi imposi di porre fine alla serata.

«Forse dovremmo tornare dagli altri».

«Sicura?»

«Sicura».

Lo presi a braccetto, sorprendendolo. E non solo lui.

«D'accordo».

Sentivo il cuore scoppiarmi, l'animo in subbuglio e la mente offuscata; qualche volta mi ritrovai ad abbassare il capo, trattenendo un fastidioso magone in gola.

Mi resi conto di quanto Luke somigliasse a David, di come riuscisse a comprendermi anche solo osservandomi, di come sapesse ascoltarmi senza mai chiedere nulla in cambio e, soprattutto, della sua incredibile capacità di aspettare.

E io non potevo permetterglielo; non gli avrei

consentito di attendere qualcosa che non sarebbe mai avvenuto.

Nessuno sapeva, nessuno tranne me; non era necessario che gli altri capissero, non era necessario che lui capisse e andava bene così.

Mi scoprii a fissarlo in più di un'occasione, osservandone il profilo aggraziato e i lineamenti dolci. La domanda che mi tormentava ormai da giorni non era se sarei riuscita a farlo allontanare, qualora si fosse rivelato necessario; la vera questione era se sarei riuscita a separarmi io da lui.

7

Ariane perseverava nel saltellarmi attorno neanche fosse stata una bambina. Fremeva dalla curiosità al punto da domandarmi se, per caso, lei e Antonia avessero avuto uno scambio di personalità; mi seguiva ovunque, impaziente, senza darmi tregua.

«Te l'ho già detto Ari, non è successo niente». Mi resi conto soltanto sul finir della frase di aver incrinato la voce in un tono ridicolmente stridulo.

«Vi siete volatilizzati in qualche angolo sperduto per poi ricomparire a braccetto dopo quasi un'ora e vorresti farmi credere che non è successo niente?»

Per un momento temetti potesse sentirsi male; aveva il volto paonazzo, le labbra tremule, i capelli scompigliati e lo sguardo febbricitante.

«Ti ha baciata?»

«No».

Tutto l'entusiasmo che l'aveva pervasa scomparve improvvisamente; mi osservava con disappunto.

«E dovrei crederti?

«Sei libera di pensare ciò che vuoi ma questa è la verità. Abbiamo soltanto ballato, nient'altro». Osservai i suoi occhioni farsi scuri, una tonalità decisamente cupa, meno luminosa; mi scrutava insistente, del tutto intenzionata a saperne di più, quando venimmo interrotte dal campanello d'ingresso.

«Aspettiamo qualcuno?»

«Non saprei».

Spalancai la porta, trovandomi davanti Antonia e Alexandra con due sorrisi radiosi e delle espressioni fin troppo raggianti.

«Ariane ci ha anticipato qualche dettaglio».

Avevo assunto un'espressione sconcertata.

«Ti ha baciata?»

«No, mi stava dicendo proprio ora che non è successo nulla. Pare abbiano solo ballato».

Non capivo se quella di Ariane fosse ironia o sarcasmo.

«Peccato, avrei scommesso il contrario».

Feci per ribattere quando mi sentii trascinare e scaraventare sul divano.

«Comunque lo sapevo già».

Avevo la sensazione che la mia cara vicina avesse fatto qualcosa di imbarazzante.

«Per caso ho incontrato Luke e nel conversare è emerso come sia stata una piacevole serata e quanto si sia trovato bene in tua compagnia».

La osservai fare spallucce.

«Ha anche lodato le tue doti di ballerina, a parte quando gli hai stroncato i piedi».

Nel mentre credevo di aver smesso di respirare; Ariane e Alexandra, al contrario, pendevano dalle sue labbra.

«Alla fine non ho saputo resistere e gli ho chiesto se ti avesse baciata ma mi ha risposto di no».

«Ma perché tutto questo trepidante interesse nei confronti di Luke?»

Dovevo cambiare conversazione e al più presto.

«Perché sareste una bella coppia ed è palese

che tra voi ci sia intesa».

Mi accorsi di essere rimasta in silenzio, la fronte aggrottata, lo sguardo pensieroso, e un'espressione corrucciata in volto.

«Francis…»

Le ragazze mi fissavano impensierite, timorose di aver esagerato finendo col farmi indispettire.

«Ho dimenticato di dirvi una cosa». Mi alzai lentamente, accostandomi alla finestra lì vicino, le braccia conserte, lo sguardo perso. «Tra qualche giorno dovrò fare ritorno in Italia». Accennai un lieve sorriso. «Non starò via molto, giusto una settimana. Ci vedremo direttamente a inizio sessione».

Ariane pareva sorpresa, seguita da Alexandra, mentre Antonia aveva sgranato gli occhi.

«Non mi avevi detto niente». Ari pareva piccata per non avergliene accennato prima, per averla messa al corrente all'ultimo momento.

«Niente di grave, spero». Antonia poteva anche sforzarsi di mostrare imperturbabilità ma non era abile a nascondere le proprie emozioni; a tradirla erano stati gli occhi ma soprattutto la voce, a tratti tremula e fioca.

«Poco prima di partire per New York – Ari può confermare – sono stata operata al ginocchio. Nulla di irreparabile ma devo recarmi in clinica per un controllo di routine, tutto qui». Mi resi conto solo in seguito di aver usato un tono freddo e distaccato, molto più di quanto intendessi in realtà. Non l'avevo fatto con cattiveria – certo che no – ma probabilmente, nel tentativo di non destare inutili preoccupazioni, ero ricorsa a modi un po' bruschi.

«Non mi avevi mai parlato di controlli così ravvicinati». Ariane mi fissava perplessa.

«Non lo sono poi molto, in fin dei conti. L'ultimo l'ho avuto poco prima di Natale, terminate le lezioni».

«Appunto, si tratterebbe di visite semestrali».

Sentii una certa tensione aleggiare nella stanza e non riuscivo a coglierne il motivo. «È del tutto normale che i controlli iniziali siano più frequenti». Mi avvicinai ad Antonia, finendo col sedermici accanto. «Sarò di ritorno ancor prima che ve ne accorgiate, pronta per gli ultimi esami e soprattutto per la fatidica borsa di studio». Sul finire della frase avevo assunto un tono rassicurante, nella speranza di stemperare il velo di preoccupazione calato su di loro.

«Se pensi di soffiarmi la borsa di studio ti sbagli di grosso, Francis».

«Avrai pane per i tuoi denti, Ari».

Schioccai la lingua sul palato, fintamente piccata, quando sentii Alexandra sbuffare rassegnata. «Per quanto mi riguarda io posso anche continuare a sognarla». Inspirò profondamente. «La borsa di studio, intendo». Gli occhietti dolci, le guance paffutelle e le labbra corrucciate; era impensabile non lasciarsi intenerire da quel visino angelico.

«Non dire così, sei bravissima».

«Mai quanto voi».

Ale pareva disperatamente arrendevole, al punto che finimmo con l'abbandonarci a una risata sguaiata.

«Non esagerare».

«Ma è la verità».

Passammo la serata a parlare dell'università e delle vacanze che avremmo potuto programmare a Ferragosto, senza dare più alcun peso al mio ritorno in Italia.

Conversammo fino a notte fonda, tanto da dover ospitare Alexandra; non potevamo permetterle di rincasare a quell'ora del mattino, da sola, tra i vicoli tenebrosi – e non solo – della city. Stavo riordinando camera con indosso un amorevole pigiamino azzurro e un paio di pantofole a forma di orsacchiotto quando sentii bussare, intravedendo Ariane. «Ehi…»

«Tutto a posto, Ari?»

Annuì incerta; avrebbe voluto dirmi qualcosa ma sembrava non averne il coraggio. «Sicura vada tutto bene? Il tuo ginocchio, intendo».

Alzai gli occhi al cielo.

«Questa volta mi hai davvero spaventata».

Mi avvicinai, abbracciandola. «È solo un controllo, nulla di più».

«Se ci fosse qualcosa, me lo diresti?»

Non avevo mai visto Ariane con quello sguardo, così angustiato e inquieto. «Tu invece?»

La vidi tentennare, presa in contropiede. «Certo che sì».

«Lo stesso vale per me, perciò non preoccuparti».

Le scompigliai la folta chioma bionda dopo averle lasciato un affettuoso bacio sulla guancia. «E adesso torna a dormire».

«Buonanotte, Francis».

«A te, Ari».

La osservai scomparire oltre la porta, avvertendo un profondo senso di inquietudine: non ero la sola a saper mentire.

***

Trascinavo il mio appariscente trolley giallo canarino da una parte all'altra dell'appartamento, controllando di non aver dimenticato nulla; Antonia era stata così gentile da chiamarmi un taxi e, considerato l'orario, avrei dovuto sbrigarmi, sarebbe arrivato a momenti.

Abbracciai Ariane e Alexandra, stritolandole, per poi fare lo stesso con la mia cara vicina, solo più delicatamente.

«Fai la brava».

«Anche voi».

«E fatti sentire».

«Promesso».

In quel momento vidi scorrere davanti agli occhi i volti dei ragazzi; li avevo salutati il giorno prima e anche loro erano rimasti sorpresi nel sentirmi parlare di controlli e visite di routine, ma avevano avuto la delicatezza di non domandare oltre, fidandosi dei miei sorrisi rassicuranti. A voler essere precisa Luke non si era scomposto più di tanto, diversamente da Daniel e Thomas che, invece, si erano mostrati impensieriti; l'onnipresente non aveva proferito parola, al contrario dei suoi occhi cristallini che avevano cambiato colore, scurendosi.

«Devo andare».

«Ci vediamo tra una settimana».

«Ovvio».

Salii di corsa sul taxi parcheggiato lungo il marciapiede, rivolgendo un ultimo saluto alle ragazze. «Ci sentiamo!»

«Chiama appena arrivi!»

New York mi sarebbe mancata; avrei avuto nostalgia delle colazioni domenicali tra invitanti croissant alla confettura, pancake, cappuccini infuocati e spremute salutari, avrei avuto nostalgia delle passeggiate al parco, delle biciclettate in centro, dei ritrovi in biblioteca, delle uscite serali e delle chiacchierate coi ragazzi e le ragazze, per non parlare di Antonia. L'unico aspetto positivo di quel rientro era poter rivedere la mia famiglia e i miei vecchi amici; le videochiamate si erano rivelate provvidenziali ma non avrebbero mai retto il confronto con un abbraccio in carne e ossa.

Avanzai tra la fiumana di persone che – come me – si apprestavano a prendere un volo diretto chissà dove; la confusione e il trambusto in cui mi ero imbattuta in aeroporto avevano cancellato del tutto, o quasi, la quiete del mio viaggio in macchina.

Ripresi fiato una volta superati i controlli di routine, avviandomi al Gate di imbarco, quando avvertii una fastidiosa sensazione all'altezza del fianco; avevo riposto il cellulare nella tasca del giacchino, dimenticandomi di rimetterlo in borsa, e ora evidentemente qualcuno fremeva dalla voglia di parlarmi provocandomi, a sua insaputa, un terribile solletico.

Il tempo di trovare un posto libero, sedermici sotto gli occhi incuriositi dei presenti e impugnai il telefono con decisione, osservando il numero lampeggiante sullo schermo; non ero solita rispondere agli sconosciuti ma quella volta decisi di fare un'eccezione, pensando potesse trattarsi delle ragazze oppure di Antonia.

«Francis?»

Strabuzzai gli occhi; non poteva essere lui. «Luke?»

«Sorpresa?»

«A essere sincera lo sono, non mi aspettavo una tua telefonata».

Calò uno dei nostri consueti silenzi.

«Volevo rimediare a ieri pomeriggio».

«Non ne capisco il motivo, non hai fatto nulla».

Lo sentii schiarirsi la voce. «È proprio questo il punto, non ho fatto nulla».

Abbassai lo sguardo, un sorriso sulle labbra.

«Non sono stato di molte parole e mi dispiace. Non è così che si salutano gli amici, non trovi?»

«Sì, l'ho notato». Avvertii il suo respiro risuonare dall'altra parte del telefono. «Ma ti svelo un segreto. Conosco persone a cui è più facile mascherare le emozioni piuttosto che esternarle. Ne hai mai incontrata una?»

«Credo di sì, Francis. Per esempio, adesso sto conversando con una di queste». Sapeva essere insopportabilmente provocatorio quando ci si metteva.

«Strano, stavo per dire lo stesso di qualcuno con cui sto parlando proprio ora, lo conosci Luke?»

«Può essere».

Inspirai profondamente, lasciando che fosse lui a continuare la conversazione.

«A che ora hai il volo?»

Lanciai una rapida occhiata al tabellone, strizzando gli occhi fino a farmi male. La mia era una miopia disperatamente galoppante e, nonostante l'ausilio di lenti a contatto e occhiali, avevo la convinzione che sarei rimasta per sempre una talpa: una certezza che mi avrebbe tenuto compagnia, ne ero certa, nei secoli a venire.

«Dovrebbero imbarcare, non manca molto».

Mi guardai attorno, notando la moltitudine di connazionali diretti a casa; in particolare, vi era una bambina dai grandi occhi nocciola che mi osservava già da un po'.

Approfittai del breve momento di silenzio tra me e Luke per sorriderle, rivolgendole un affettuoso cenno di saluto, quando scorsi le hostess avvicinarsi.

«Luke?»

«Sono qui».

«Stanno annunciando il volo, devo andare».

«Fai buon viaggio».

«Lo spero».

«Francis?» Altra pausa, altro momento di silenzio. «Torna presto».

«Sarò qui ancor prima che tu te ne accorga».

Avvertivo il suo respiro rallentare, facendosi pesante.

«Fammi sapere come va».

«È solo un controllo. Comunque ti scriverò». Trattenni il fiato, ricordandomi improvvisamente delle buone maniere. «Grazie di avermi chiamata».

«A presto, Francis».

Chiusi la telefonata, prendendo posto; anche in quell'occasione avevo avvertito nel suo tono di voce una malinconia e un'inquietudine difficili da ignorare e, ancora, faticavo a spiegarmi il perché. Mi lasciai ricadere sul sedile quando notai la bambina di prima sedermisi accanto in compagnia di quella che, con tutta probabilità, doveva essere la madre; la salutai dolcemente non appena spalancò la bocca in un sorrisone, mostrando una simpatica finestrella tra i denti. «Era il tuo ragazzo?»

Volse una rapida occhiata al telefono che tenevo ancora tra le mani; sorrisi intenerita e, al tempo stesso, sorpresa da quella domanda così spontanea, rivolta con la genuinità che solo una bambina di quell'età poteva possedere.

«Un amico».

«Dicono tutti così».

«Ah sì?»

Mi osservava furba. «Già».

Ricambiai lo sguardo con aria di sfida quando mi avvicinai, porgendole una caramella. «Ne vuoi una?»

Gli occhioni si illuminarono, spalancandosi; scostai lo sguardo per chiedere il permesso alla madre, che annuì con scarso interesse.

«Fragola o banana?»

«Fragola».

La osservai mangiare di gusto, le guance rigonfie e le labbra rosse.

«Comunque, si vede che ti piace, ti si illuminano gli occhi quando gli parli». Scoppiò a ridere di fronte al mio stupore, affondando nel sedile, mentre io rimasi in silenzio assorta, conscia di quanto quel viso d'angelo avesse pericolosamente ragione.

8

L'altalena dondolava dolcemente, le mani aggrappate alle catene, il capo reclinato all'indietro e gli occhi socchiusi. Quel piccolo parco giochi vicino casa occupava un posto speciale nel mio cuore dato che custodiva i momenti più spensierati della mia infanzia. Ricordavo le corse sullo scivolo, le arrampicate e le gare a chi riusciva, con il dondolo, a toccare il cielo.

Inspirai, riempiendo i polmoni; avevo bisogno d'aria, desideravo stare all'aperto, in mezzo alla natura e immersa nel silenzio, lontana dalla vita caotica e frenetica di città, da cliniche, ospedali e camici bianchi. Lasciai correre la mente alla giornata precedente, rimuginando sull'odore nauseabondo di disinfettante, sugli sguardi spenti dei pazienti, sulla frenesia dei medici e sulle urla in reparto. Ero rimasta in attesa per un tempo infinito, ancorata a un triste seggiolino con sguardo perso, le gambe scalpitanti e i muscoli del volto contratti in una smorfia; ricordo ancora gli occhi angelici del mio medico, la dottoressa Evans, una donna tanto dolce quanto caparbia. Avevo varcato la soglia dell'ambulatorio col cuore in tumulto solo per sentirmi ripetere le parole di qualche mese prima: nessun miglioramento, nessun peggioramento.

Dopo averne preso atto, mi ero incamminata verso casa quando ero stata travolta da una ragazza che avrà avuto la mia età. Mi aveva investita con tutto il suo peso, il volto sconvolto e inondato dalle lacrime, le labbra rossastre e le guance pallide; teneva una mano al petto, mal celando un'aria sofferente. Mi era già capitato di incontrarla, non era un volto sconosciuto: si chiamava Jennifer. Aveva scosso il capo – frastornata – fissandomi con occhi spenti e, soprattutto, arrendevoli. Non vi era vita in quelle iridi scure, non un barlume di determinazione o di speranza. Mi ero voltata verso la dottoressa Evans, come a domandarle quello che la mia mente aveva già compreso e che si rifiutava di accettare.

«Francis…» Era rimasta immobile, appoggiata allo stipite della porta, scrutandomi rammaricata. «Non…»

«Arrivederci».

Ricordo bene lo sforzo per cercare di ignorare la sconfinata tristezza che aveva iniziato ad attanagliarmi il cuore, ripensando alla stanza da cui era scappata Jennifer, un'insegna che – da sempre – aveva la capacità di terrorizzare chiunque: oncologia.

Una volta rincasata mi ero chiusa in camera restandovi per tutta la serata, desiderosa di rimanere sola, in pace con me stessa; non avevo più parlato, impaziente di sprofondare tra le braccia di Morfeo.

Tornai al presente, oscillando avanti e indietro, prosciugata di ogni entusiasmo; in quel momento desideravo soltanto fermare il tempo, rimanere immobile.

«Chissà cosa starà facendo…»

Presi un respiro profondo quando notai qualcosa fare capolino sullo schermo dello smartphone; mi abbandonai a un sorriso per poi impugnare il telefono.

«Francis?»

«Ciao Luke».

«Come stai?»

«Tutto bene, nulla di nuovo».

«Sicura?»

Soffocai un gemito. «Che intendi?»

«Sicura non ci sia altro di cui vorresti parlarmi?»

Avevo smesso di respirare, incerta su cos'altro aggiungere; con lui era sempre stato particolarmente arduo nascondere le emozioni, i turbamenti e le preoccupazioni.

«No, non direi, sono solo un po' stanca».

Lo sentii trattenersi dall'insistere oltre, seppur non convinto.

«Ci vediamo tra qualche giorno?»

«Certo, ci vediamo presto».

«Ti aspetto».

Mi si mozzò il fiato, colta impreparata. Per quanto mi facessero piacere, quelle erano le ultime parole che avrei voluto sentirmi dire, specialmente in quel frangente.

«A presto».

«A presto, Francis».

Continuai a oscillare, il cellulare in mano, il vento tra i capelli e lo sguardo perso, lasciando correre davanti agli occhi il volto disperato di Jennifer.

«Ti prego, no…»

Iniziai a sentire le gote inumidirsi, le labbra serrarsi, le spalle sussultare e la schiena tremare, consapevole ancor più di prima di quanto noi esseri umani fossimo creature fragili e di passaggio in un mondo che, spesso, avevamo la presunzione di chiamare nostro.

Mi illusi di rivedere Jennifer qualche mese dopo, quando avrei fatto ritorno in Italia, con uno dei suoi soliti vestitini svolazzanti, di quelli che mi piacevano tanto, le spalle larghe, la vita esile e i profondi occhi scuri.

Non fu così.

Mi sarei specchiata negli occhi arrossati della dottoressa Evans mentre mi confermavano quello che mi ero rifiutata di accettare per mesi, tornando inevitabilmente a quell'odioso pomeriggio di luglio, quando ero ancora ignara del fatto che non l'avrei più rivista.

***

Camminavo avanti e indietro, irrequieta, calciando qualche sasso qua e là sotto gli sguardi perplessi dei presenti.

«Francis, mi stai facendo venire il mal di testa, potresti fermarti un secondo?»

Più mi veniva detto di calmarmi e più sentivo l'agitazione crescere. «Non so come tu faccia a rimanere così tranquilla».

«Carattere?»

Lanciai uno sguardo al portone di ingresso, l'unico ostacolo a separarmi dai tabelloni esposti in bacheca riportanti i nomi dei vincitori delle borse di studio.

«Non ci riesco…» Iniziai a torturarmi le labbra, poggiando le mani lungo i fianchi mentre assumevo una posa decisamente poco incline a una signorina. «Non ce la faccio, andate voi per me».

Ariane e Alexandra mi fissano tanto esasperate quanto intenerite.

«E soprattutto, comunque vada, non cercate di indorare la pillola. Siate schiette ma allo stesso tempo delicate. Siate dirette, senza troppi convenevoli, ma non brutali».

Le vidi scrutarmi incerte.

«Tutto chiaro?»

«Agli ordini, comandante».

Ariane si divertiva a fare dell'ironia anche in quell'occasione; mi sarei aspettata di vederla scalpitante, fremente e impaziente almeno quanto me e invece, contro ogni aspettativa, pareva non le importasse molto.

Le osservai allontanarsi e rimasi in compagnia di Daniel.

«Ehi…»

Speravo di essere riuscita a portare a casa il risultato, anche solo per una volta; tuttavia, se avessi dovuto uscirne sconfitta, avrei tanto voluto che quel premio fosse andato a chiunque eccetto Sara Ferguson: non l'avrei sopportato. Già me la immaginavo girovagare per il campus con aria strafottente e lo sguardo infuocato.

«Francis…»

Avvertii una carezza al centro della schiena.

«Notizie di Luke e Thomas?»

Sapevo che l'onnipresente non avrebbe avuto problemi a ottenere la borsa di studio; nonostante facesse di tutto per sminuire la cosa – data la sua infinita modestia – era già stato dato per vincitore.

La voce di Daniel risuonò dolce. «Ad avere la meglio è stato Luke, mi ha scritto ora».

Al suono di quelle parole non potei evitare di lasciar andare un sospiro pronunciato; aveva lavorato sodo, era un premio più che meritato. «Bene…»

Se da una parte mi riscoprivo felice, dall'altra non potevo non provare del rammarico, pensando a quanto avrei voluto non essere da meno.

Stavo rimuginando tra me e me quando un gruppo di universitari schiamazzanti attirò l'attenzione dei presenti; urlavano e applaudivano, congratulandosi con un ragazzo dai connotati familiari.

Seppur distante, non avrei potuto non riconoscerlo: Luke sorrideva e rideva, accogliendo con sincera contentezza le congratulazioni degli amici.

«Francis Johnson!»

Smisi di respirare non appena intravidi uno degli oggetti dei miei pensieri scendere le scalinate e dirigersi con sguardo furibondo nella mia direzione.

«Ma cosa…»

Avanzava decisa, gli occhi iniettati di sangue, le labbra serrate e i capelli scompigliati.

«Sara?»

«Sarai contenta!»

Trattenni il fiato, incerta sul da farsi: che fosse un tipo eccentrico non era una novità, ma che potesse avere una crisi di nervi e farmi una sfuriata sì. «Scusami?»

«Lascia perdere».

Feci per replicare quando la vidi superarmi e dirigersi chissà dove con passo felpato: per un attimo avevo temuto volesse schiaffeggiarmi.

Mi voltai verso Daniel, interrogandolo con lo sguardo come a domandargli se avesse compreso quanto appena accaduto, quando sentii qualcuno urlare il mio nome: Ariane e Alexandra mi stavano correndo incontro senza premurarsi delle gonnelline un po' troppo svolazzanti. «Francis!»

Avevano un sorriso radioso ed erano seguite da altre nostre compagne di corso. «Ce l'hai fatta Francis!»

Sentii Ariane afferrarmi per le spalle.

«Ma non pensare che te lo lasci rifare, intesi?»

Avevo schiuso le labbra, troppo incredula per riuscire ad aggiungere qualcosa; mi limitai a ridere mentre iniziai a sentire le palpebre pizzicare e la gola ardere.

«Non vorrai metterti a piangere adesso?»

Ariane sapeva essere insopportabile quando ci si metteva, non dava un attimo di tregua; mi abbandonai tra le braccia delle mie migliori amiche, dando libero sfogo a quanto trattenuto fino a quel momento.

Non potrò mai dimenticare i loro sorrisi, i loro sguardi compiaciuti e i loro caldi abbracci per non parlare delle strette di mano dei compagni di corso; il tutto sotto lo sguardo radioso di Daniel e dell'onnipresente, che aveva assistito alla scena da lontano.

Quel pomeriggio non ci parlammo se non con gli occhi, non furono necessarie parole o frasi di cortesia; mi limitai a rivolgergli un fievole cenno di saluto che lo vidi ricambiare con altrettanta gentilezza.

Fu esattamente come il primo giorno di università, quando incontrai il suo sguardo tutto il resto scomparve, facendosi invisibile.

Peccato solo che le cose belle siano destinate a finire.

«Festeggiamo?»

«Ovvio».

Presi un respiro profondo, sforzandomi di imprimere nella mente ogni sensazione, ogni profumo, ogni dettaglio di quel momento così unico e perfetto, uno degli ultimi prima della tempesta.

***

Ariane aveva ripreso a non star bene, nonostante facesse di tutto per convincermi del contrario; era pallida, stanca e, soprattutto, spenta.

Durante il mio breve soggiorno in Italia avevo chiesto ad Antonia di tenerla d'occhio ma, in quell'occasione, non accadde nulla per cui impensierirsi; perciò, mi decisi a trascinarla in Toscana nella speranza che qualche giorno al mare potesse aiutarla a riprendere vigore. Avrei fatto ritorno nella mia amata Versilia, avrei rivissuto le lunghe camminate sulla spiaggia, il profumo della salsedine sulla pelle arsa dal sole, le folli biciclettate in pineta, i mercatini illuminati della sera, il chiarore della luna piena e le albe fiammeggianti in riva al mare. Avevo invitato anche Ale e i ragazzi, felice di trascorrere una vacanza tutti assieme.

Inutile riportare i commenti di Ariane che, visibilmente contenta, aveva iniziato a provocarmi per via di Luke; era convinta che sarebbe stata un'ottima occasione per definire, una volta per tutte, il mio rapporto con l'onnipresente, nonostante continuassi a ripeterle che non ci fosse nulla da delineare.

Per quanto riguarda Alexandra, contro ogni aspettativa, per la prima volta dopo tanto tempo, parve non curarsi delle proprie curve. Credevo che con Daniel presente sarebbe andata in crisi e, invece, fu allegra e spensierata come poche volte. Non si fece problemi a mostrarsi in costume; certo, aveva scelto un modello intero anziché un due pezzi ma non vi furono paranoie, lacrime o imbarazzi e ne fui sinceramente rincuorata. Solo in un secondo momento mi rivelò di volersi mettere a dieta, giusto il necessario per tornare a piacersi come un tempo. Sapevamo entrambe che non lo faceva solo per se stessa ma anche per Daniel.

«Quindi ti piace?»

Osservai Ale giocherellare con una ciocca di capelli mentre tentava di dissimulare l'imbarazzo. «Non credo di interessargli, non in quel modo almeno…»

«Da come ti guarda io credo sì». Mi accostai alla sua spalla, poggiandoci il mento. «Conosco Daniel da quando aveva cinque anni e – credimi – gli piaci e molto anche».

La scrutai abbassare il mento, incerta.

«Però è timido e – perdonami – piuttosto imbranato».

«Chi sarebbe imbranato?»

Sobbalzammo, prese in contropiede, nello

scorgere l'oggetto delle nostre chiacchiere fare capolino in salotto e poggiare la spesa sul tavolo in legno. A giudicare dallo sguardo confuso e spaesato doveva aver mancato il cuore della conversazione.

«Nessuno, discorsi tra ragazze».

«In questo caso non voglio saperne nulla».

Vidi Ale arrossire brutalmente non appena il mio amico d'infanzia decise di rivolgerle uno sguardo provocante.

«Bene, se avete intenzione di continuare ad ammiccare l'un con l'altra, toglierei il disturbo».
«Francis!»

Salutai entrambi per poi spostarmi in camera, dove trovai Ariane.

«Che cosa…?»

Era indaffarata a riordinare e a spolverare mobili con un variopinto foulard tra i capelli, una salopette in jeans e un paio di infradito che le avevo regalato l'estate scorsa, prima di partire per New York; la fissai perplessa, con aria contrariata.

«Ari, cosa stai facendo?»

Sollevò il bel viso tondo. «Ti aiuto a tenere in ordine la casa».

«Ti ringrazio ma siamo qui per riposarci e non per sfacchinare più di prima, d'accordo?»

Mi fissava incerta, un'espressione corrucciata.

«Ho già pulito ieri, non preoccuparti».

«Ieri quando?»

«Quando vi siete addormentati sul divano, subito dopo pranzo».

«Da sola?»

«Mi ha dato una mano Luke».

«Ma davvero? E non dici niente?»

Trattenni una risata quando decisi di torturarla con del solletico.

«Non è successo nulla, siamo amici e tra amici ci si aiuta!»

«Quanto sei cocciuta, Francis!»

Alla fine, mi decisi a lasciarla andare, stava diventando paonazza dalle risate; sbuffò poco elegantemente mentre si divertiva a far svolazzare uno dei suoi folti riccioli biondi su e giù per il viso tondeggiante.

«Alexandra?»

«È in salotto con Daniel».

Mi scrutò interrogativa.

«Riusciranno mai a parlarsi apertamente?»

«Chissà».

«Thomas e Luke?»

«Sono in giardino, credo stiano trafficando con l'impianto di irrigazione». Mi abbandonai a un sospiro pronunciato. «Spero riescano a farlo ripartire, non so cosa possa essere successo, ha sempre funzionato».

«Abbi fede. Dopotutto parliamo di due tra le menti più brillanti della Columbia, non c'è motivo di preoccuparsi».

Ci fissammo in silenzio per interminabili secondi.

«Forse è meglio andare a controllare».

«Concordo».

Scesi le scalinate con passo svelto, facendo capolino in giardino dove mi imbattei in due baldi giovani intenti ad affaccendarsi con impegno.

«Tutto bene, ragazzi?»

Notai Luke trafiggermi con lo sguardo, poco distante da Thomas, i capelli scompigliati e il terriccio sulle gote.

«Dovremmo aver risolto».

«Fantastico!»

Mi avvicinai lentamente, le braccia conserte e un'espressione riconoscente in volto quando avvertii un potente getto investirmi; Ariane cacciò un urlo, iniziando a ridere.

«No!»

A nulla valsero gli sforzi di rientrare in casa mentre, rassegnate, ci lasciammo travolgere dall'acqua che aveva finalmente ripreso a irrigare il giardino, il tutto sotto gli sguardi divertiti di Luke e Thomas – altrettanto grondanti – e quelli di Daniel e Alexandra che nel frattempo, affacciati alla finestra, erano scoppiati in un fragoroso sghignazzo.

«Dobbiamo lavorare sull'orario».

«Non l'avrei mai detto».

Il mio grazioso vestitino bianco era diventato trasparente, lasciando intravedere un costume della stessa tonalità; Luke si comportò da galantuomo nello scostare lo sguardo altrove, porgendomi un asciugamano.

«Ti ringrazio».

«Di nulla».

Avrei voluto essere altrettanto discreta ma fu difficile ignorare gli addominali scolpiti e i muscoli tesi; dovevo aver assunto un colorito vivace a giudicare dallo sguardo che mi riservò Ariane, maliziosa.

Per il resto la giornata trascorse veloce; quella

sera restammo sdraiati sulla spiaggia ad ammirare il cielo stellato, al chiaro di luna e in compagnia di una tiepida brezza estiva.

Quando rincasammo, mi assicurai che tutti dormissero per sgattaiolare silenziosamente dalla porta sul retro, intenzionata a godermi l'alba in riva al mare; amavo i cieli infuocati della Versilia e quella sarebbe stata l'occasione per rivivere uno dei momenti più belli della mia adolescenza, di cui avevo tremenda nostalgia.

«Che silenzio…»

Camminai senza fretta, rabbrividendo al tocco della sabbia fredda sotto i piedi, per poi accovacciarmi in riva al mare e scrutarne l'infinita distesa; là dove l'acqua sembrava avere fine iniziava il cielo, lasciando intravedere una linea dalle tinte fiammeggianti.

«Finirai per ammalarti vestita così».

Avvertii qualcosa di morbido ricadere sulle spalle quando scorsi Luke sedermisi accanto; aveva i capelli scompigliati e due profonde occhiaie violacee sotto gli occhi, un paio di bermuda e una maglietta a maniche corte.

«Cosa ci fai qui?» Lanciai uno sguardo al pullover sulla schiena.

«Non riuscivo a dormire».

«Siamo in due».

Il sole, nel frattempo stava facendo il proprio ingresso, infuocando l'atmosfera. «Quando ero piccola venivo qui con i miei genitori».

Pensai a David, ripercorrendo con la mente le sveglie mattutine e le suppliche per portarci a vedere l'alba.

«Ricordi il portafortuna di cui ti ho parlato?»

Scorgo Luke annuire.

«Me lo ha regalato un bambino di nome David tanto tempo addietro. David Robinson». Presi un respiro profondo, scrollando le spalle. «Era un ragazzino sveglio, più maturo per la sua età. Le nostre famiglie provenivano da città differenti ma erano solite trascorrere le vacanze estive qui in Toscana e un giorno mi regalò questo porta-fortuna, prendendone uno anche per sé. Mi disse che qualora ne avessi avuto bisogno, guardando quel braccialettino, mi sarei sentita meno sola e così anche lui». Inarcai il capo all'indietro, ab-bandonandomi a un sospiro pronunciato, conscia di avere lo sguardo dell'onnipresente su di me. «L'ultima volta che lo vidi avevo nove anni, non potevo sapere che quella sarebbe stata l'ultima estate trascorsa insieme. Da allora non ebbi più sue notizie, così come dei suoi genitori».

«Francis…»

«Dovettero trascorrere due anni prima di con-vincermi che non sarebbe più tornato». Mi vol-tai verso Luke, un sorriso amaro sulle labbra. «Qualche volta mi domando se stia bene». Po-teva sembrare sciocco ma non riuscivo a fare al-trimenti. «Sai, caratterialmente gli somigli. Sei determinato, deciso a dare e a prendere il meglio dalla vita, sai essere riservato quanto sfacciato e – soprattutto – sai ascoltare, una qualità rara a trovarsi».

Luke aveva arrestato il respiro, impreparato a quella confessione.

«Ti prego, non ridere».

«Non potrei mai, Francis».

Restammo a scrutarci per interminabili secondi quando un bagliore colpì entrambi in pieno volto; il sole era sorto in tutto il suo splendore dando inizio a un nuovo giorno e infuocando il cielo che aveva, seppur momentaneamente, abbandonato il consueto color carta da zucchero.

«Buongiorno, Luke».

«Buongiorno, Francis».

Mi stiracchiai malamente, notando solo in quel frangente quanto fossi contratta; tutta la stanchezza del giorno precedente iniziava a farsi sentire e, se avessi toccato il letto, sarei sprofondata nel sonno ancor prima di rendermene conto.

«Francis...»

Passai una mano sulle palpebre quando avvertii qualcosa sfiorarmi il volto; sorrisi nell'abbandonarmi contro Luke, sul punto di crollare.

«Posso fidarmi?»

«Tu che dici?»

Avvertii una presa forte e salda all'altezza della vita.

«Non approfittarne».

«Ne dubiti?»

«Può darsi...»

Rimasi in ascolto dei suoi battiti.

«Forse dovremmo rientrare».

«Ancora qualche minuto, Luke».

Nonostante non potessi vederlo in volto sapevo che aveva chiuso gli occhi, rallentando i respiri.

«Quando vuoi...»

Restai tra le sue braccia per un tempo incalcolabile, fin quando il rumore delle onde non iniziò a farsi sempre più distante e confuso; ricordo solo di essermi svegliata in camera da letto accanto ad Ariane, ancora dormiente.

Quella mattina decisi di non scendere in spiaggia. Mi recai in cucina – assorta – con il profumo di Luke ancora sulla pelle quando lo vidi fare capolino da dietro la porta.

«Come siamo arrivati fin qui dalla spiaggia?» Dovevo essere a pezzi per non riuscire a ricordare nulla.

«Il fatto che tu sia leggera come una piuma ha aiutato parecchio».

Abbassai il volto, paonazza, quando realizzai di essere stata portata a casa a peso morto.

«Scusami, Luke».

Mi fissò dolce, accostandosi allo stipite.

«Non preoccuparti. Eri piuttosto stanca, sei crollata subito».

Ora avrei potuto anche sotterrarmi.

«Ti hanno mai detto che fai dei discorsi interessanti quando dormi?»

Sgranai gli occhi. «Niente di compromettente, spero».

Si avvicinò, abbassandosi fino ad arrivare alla mia altezza.

«Nulla di irreparabile».

«Gli altri?»

«Sono in spiaggia».

Annuii imbarazzata non appena realizzai di essere rimasta sola con lui. Di nuovo.

«Hai fame?»

«Un po'».

Luke pareva aver intuito i miei pensieri quando mi porse un fumante croissant all'albicocca; sorrisi, ringraziandolo con lo sguardo, mentre mi avvicinavo versandogli del caffè con finta indifferenza, conscia di avere i suoi occhi ridenti tutti per me.

«Zucchero?»

9

L'autunno aveva vinto la stagione dell'amore, tinteggiando i viali della city con colori fiammeggianti; i giorni trascorsi in Versilia erano ormai un ricordo lontano, scacciati dalla frenetica routine quotidiana di lezioni, incontri in biblioteca e prove d'esame intermedie. Il tempo scorreva veloce e inesorabile, giorno dopo giorno, e io mi accingevo ad affrontare un nuovo anno accademico.

Lanciai uno sguardo al mio simpatico pigiamino azzurro, un grosso panda disegnato sul petto, abbandonandomi a un sospiro pronunciato non appena incrociai lo specchio: i capelli erano malamente raccolti, gli occhi lucidi e il naso arrossato.

Come diceva qualcuno, servono anni per costruirsi un'immagine e un secondo per distruggerla; fortunatamente non avevo in programma alcuna visita, perciò non vi era ragione di temere che qualcuno potesse vedermi raffreddata, con gli occhi stralunati, una voce mascolina e il nasino da pagliaccio.

«Che disastro...»

Osservavo l'infinita quantità di fazzoletti che aveva sommerso il salotto trasformandolo in una distesa di carta bianca, portandomi a maledire – mai come in quel momento – l'influenza stagionale.

Ariane era dovuta rientrare a Torino per via di sua nonna, non era stata bene e sembrava che le sue condizioni andassero peggiorando di giorno in giorno, perciò l'avevo convinta a rincasare senza preoccuparsi troppo. D'altronde, come avrei potuto anche solo pensare di annoiarmi con la mia cara vicina d'appartamento: un'utopia.

Feci per nascondermi sotto le coperte quando avvertii il campanello d'ingresso risuonare per tutta l'anticamera. Avrei voluto fingere di non essere in casa ma, in cuor mio, sapevo che non sarebbe stata una buona idea, perciò mi avviai con passo strascicato al portone mentre tentavo di darmi una sistemata, schiaffeggiandomi le guance e riordinandomi i capelli.

Scossi le spalle per poi impugnare la maniglia, sobbalzando di fronte allo sguardo interrogativo di Antonia.

«Perdonami cara, non era mia intenzione spaventarti».

Le sorrisi dispiaciuta. «La colpa è mia, ultimamente sono piuttosto tesa».

«Hai ancora la febbre?»

«Poco».

«Ti ho preparato del brodo caldo, non può che farti bene».

Antonia era un angelo, in tutti i sensi, un riferimento del quale non avrei potuto più fare a meno.

«Ti ringrazio, non dovevi disturbarti».

«Se hai bisogno di qualcosa non farti problemi a chiamarmi, mi raccomando. E adesso torna di corsa sotto le coperte».

Mi abbandonai a una risata spontanea, rivedendo negli atteggiamenti premurosi di Antonia mia madre.

«Agli ordini».

La salutai dolcemente, dirigendomi in salotto con passo cadenzato, per poi lasciarmi cadere contro lo schienale del sofà.

Rimasi immersa nel silenzio, lasciando correre la mente ai giorni trascorsi in Toscana, a quella meravigliosa alba contemplata insieme a Luke; ripensai alla sua stretta ferma e decisa, al suo profumo agrodolce, al suo viso stanco ma sempre bellissimo.

Sospirai nel ricordarne il sorriso contagioso, la dolcezza disarmante e la spudorata sfacciataggine quando sobbalzai per la seconda volta nel sentire nuovamente il campanello d'ingresso; forse Antonia aveva dimenticato di dirmi qualcosa.

Mi solleticai il volto con le dita, tentando di ignorare l'emicrania che aveva deciso di arricchirmi la giornata, mentre avanzavo lungo il corridoio.

«Antonia, sei tu?»

Spalancai la porta con foga – forse troppa – convinta di trovarmi davanti la mia arzilla vicina quando mi sentii sbiancare alla vista di Luke, che mi fissava con due occhioni impensieriti.

«Ehi…»

Fece per parlare ma, ancor prima di rendermene conto, gli chiusi la porta in faccia, lasciandolo fuori.

«Francis?»

A giudicare dal gemito che avevo udito, dovevo averlo colpito in volto.

«Scusa!»

Il mio primo pensiero non andò tanto al suo setto nasale quanto all'impressione che dovevo avergli fatto in pigiama, coi capelli scompigliati, il volto stralunato, febbricitante e struccata; certo, non pretendevo che mi vedesse sempre nella mia forma migliore ma neanche così malaticcia.

Mi domandavo come avesse fatto a entrare dal portone principale quando mi resi improvvisamente conto di quanto la risposta alla mia domanda fosse ovvia: Antonia.

Rimuginai sul da farsi non appena realizzai di essere ancora in piedi, in anticamera e con lui oltre la soglia di ingresso; sapevo fin troppo bene che sarebbe stato scortese indurlo ad andarsene perciò mi sforzai di ignorare il mio aspetto, decidendomi ad aprirgli.

«Luke, ci sei ancora?»

Si stava massaggiando il mento quando si premurò di far ricadere i polsi lungo i fianchi con finta indifferenza.

«Scusami».

Nascose le mani in tasca. «Mi spieghi cos'è successo?»

«Non mi aspettavo visite, tutto qui».

Mi fissò provocatorio, cercando di estorcermi una confessione ben più convincente mentre gli indicavo il divano: al diavolo l'infinita distesa di fazzoletti bianchi.

«Non sono molto presentabile, ero convinta di trascorrere la giornata al riparo da occhi indiscreti». Mi lasciai ricadere sul sofà con l'ennesimo fazzoletto tra le mani, premurandomi di non risultare buzzurra nel soffiarmi il naso.

«Ho visto di peggio, se è questo che ti preoccupa».

«Ne dubito».

Sorrise, abbassando gli occhi, mentre lo imploravo di ignorare il disordine in salotto, quando avvertii le sue dita premere contro la mia fronte.

«Scotti, dovresti riposare».

Rabbrividii di piacere di fronte a quel tocco così fresco, un refrigerio per me.

«Sto riposando».

«Intendevo a letto».

«Ma mi annoio».

Vidi Luke osservarmi intenerito.

«Perché ridi?»

«Sembri una bambina».

«Sarà la febbre».

«Forse».

Restai a scrutarlo in silenzio, l'emicrania galoppante, la gola arsa e il respiro affannato.

«È stata Antonia a farti entrare?»

«Indovinato».

Scoppiammo entrambi a ridere, consapevoli.

«Volevo vedere come stavi, Daniel mi ha detto che non ti sentivi molto bene».

«Quel ragazzo si preoccupa sempre troppo».

«Perché tiene a te».

Avevo accennato un sorriso.

«Vai a letto Francis».

Avvertii il volto contorcersi in una smorfia.

«No».

«E invece sì».

«Ma io non voglio».

«E invece dovresti».

«Non puoi costringermi».

«Scommettiamo?»

«Non oseresti».

Lo vidi fare spallucce – apparentemente arrendevole – quando mi afferrò per la vita, caricandomi in spalla.

«Luke, ti prego!»

Avevo il volto rivolto verso il basso e, nonostante cercassi di dimenarmi, realizzai di non poter fare granché.

«Mettimi giù, per favore!»

«Neanche per sogno».

Cercai di solleticargli i fianchi ma senza successo; la cosa pareva divertirlo e, a essere sincera, divertiva anche me.

«Luke, mettimi giù!»

«D'accordo».

Aspettavo di essere posata delicatamente a letto – come farebbe un gentiluomo con la propria dama – quando mi sentii scaraventare sul materasso.

«Luke!»

Sorrise divertito, fissandomi con aria di sfida.

«Ordini del medico».

«Adesso saresti anche il mio medico?»

«Resta sotto le coperte».

«E se mi ribellassi?»

Lo vidi sogghignare.

«Cosa direbbero gli altri se sapessero che mi hai definito un sensuale angelo celeste sceso sulla terra?»

Smisi di respirare. «Io non ti ho mai detto certe assurdità».

«Sicura?»

«Sicurissima».

«Eppure è quello che mi hai detto poco tempo fa».

«Stai mentendo».

«Perché dovrei?»

Avrei voluto ridere, per poi sotterrarmi.

«E sentiamo, quando ti avrei rivolto certi complimenti?»

Assunse un'aria pensierosa, gli occhi all'insù, il mento rivolto al soffitto e le labbra increspate. «Sei piuttosto loquace quando dormi».

Poco a poco mi lasciai scivolare sotto le coperte, sconfitta e furiosamente imbarazzata, chiedendomi come fossi riuscita a dirgli certe cose; quell'alba in Toscana doveva aver fatto più danni di quanto pensassi.

«Dimmi che non è vero». A quel punto avevo la certezza che mi avrebbe ricattata per l'eternità.

«E invece è proprio così».

Riemersi dal lenzuolo che, seppur per poco, aveva rappresentato un buon nascondiglio.

«Ti lascio riposare».

«Non vuoi qualcosa da bere?»

Scosse la testa con veemenza, rassicurandomi. «Come se avessi accettato».

Abbassai lo sguardo, incerta su cos'altro aggiungere, quando lo osservai regalarmi uno dei suoi disarmanti sorrisi.

«Ci vediamo presto».

«Aspetta!»

Feci per alzarmi, desiderosa di accompagnarlo all'ingresso come avrebbe fatto una buona padrona di casa, quando lo sentii afferrarmi per le spalle e costringermi a letto.

«Resta qui, conosco la strada».

«Ma…»

«Niente ma, non preoccuparti».

Lo scrutai silenziosa, quando lo vidi voltarsi e allontanarsi.

«Grazie, Luke».

«Quando vuoi».

Gli sorrisi, osservandolo scomparire.

«Ci vediamo».

Rimasi immobile, gli occhi lucidi, la gola in fiamme e l'incarnato pallido, in attesa di udire il cigolio della porta d'ingresso risuonare per la casa, immersa in un triste silenzio.

«Ci vediamo presto…»

Avvertii il ticchettio delle sue scarpe rumoreggiare contro il marciapiede, fino a diventare sempre più distante, quando ricaddi malamente sul cuscino, inghiottita dall'oscurità.

***

Lasciavo correre lo sguardo dal tomo di microeconomia al volto serioso di Daniel, nel bel mezzo di un esercizio di matematica finanziaria; Ariane e Alexandra continuavano – imperterrite – gli studi di diritto mentre Thomas pareva preso dall'ultimo capitolo di biologia molecolare.

L'unico a mancare all'appello, ormai da parecchie settimane, era l'onnipresente; non un incontro in biblioteca, non un ritrovo in ateneo, non un'uscita serale. Stando a quanto detto da Thomas, Luke aveva deciso di seguire anche alcuni corsi del terzo anno – avendone scoperta la possibilità – portandolo inevitabilmente a una perenne reclusione. Da una parte mi domandavo come riuscisse a reggere un ritmo così elevato, come potesse pensare di conciliare gli esami, già di per sé sfibranti, del secondo anno con alcuni del terzo, mentre dall'altra non potevo non ammirarne l'incredibile caparbietà e tenacia. Tuttavia, negli sguardi dei ragazzi, nelle loro frasi a metà e nei loro atteggiamenti incerti avevo avuto la conferma che quella non fosse tutta la verità; più i giorni passavano e più mi convincevo vi fosse dell'altro, qualcosa che né Thomas né Daniel avevano ritenuto opportuno rivelare.

Avevo provato a contattare Luke senza riuscire, però, a dipanare i dubbi; era stato tanto cortese quanto vago e, cosa ancor più curiosa, si era sempre rifiutato di parlarmi a voce, preferendo di gran lunga scrivermi.

La mattinata trascorse veloce e senza intoppi quando mi decisi, nel primo pomeriggio, ad andare da lui.

«Dov'è adesso?»

«Non lo so, Francis».

«Avrai un'idea, siete compagni di stanza, giusto?» Scrutai Thomas passarsi una mano tra i capelli.

«Vorrei salutarlo di persona, non penso di chiedere troppo. O forse c'è qualcos'altro che dovrei sapere?»

«Francis…»

«Per favore…»

Mi sorrise combattuto, arrendendosi al mio sguardo inquisitore.

«Ultimamente si reca a Central Park».

Lo ringraziai con gli occhi, decidendo di non domandare altro. «Dite alle ragazze che ho avuto un contrattempo, ci vediamo domani, d'accordo?»

Li salutai con un cenno della mano e mi diressi, senza fretta, verso Loeb Boathouse. Camminavo decisa, immaginando la sua reazione; forse non ne sarebbe stato felice ma ero convinta valesse la pena tentare.

Nonostante fossimo in pieno autunno il sole splendeva alto nel cielo, riscaldando con il suo piacevole tepore le strade della city, una giornata piuttosto insolita per gli standard di New York; i viali avevano già iniziato a tinteggiarsi di colori fiammeggianti, un vero spettacolo della natura.

Contro ogni aspettativa non vidi molti passanti; si respirava una pace e una tranquillità che poco si addicevano a uno dei parchi più frequentati della East Coast.

Rallentai il passo non appena scorsi un ragazzo dai connotati familiari seduto in riva al lago con una serie di tomi il cui contenuto non poteva che essermi oscuro.

«Si può?»

Mi avvicinai, incontrandone lo sguardo sofferente e tormentato.

«Come sapevi che ero qui?»

«Thomas».

I suoi occhi erano spenti e arrendevoli.

«Che succede Luke?»

«Sono molto preso, tutto qui».

«Questo è quello che mi ha detto anche Thomas». Perseverai a scrutarne i lineamenti dolci.

«Ti va di parlarne?»

«Non c'è molto da dire, davvero».

Si alzò di scatto, gettando malamente a terra un tomo di chimica; non era da Luke comportarsi in quel modo, non l'avevo mai visto così combattuto, quasi fosse in lotta con se stesso, preso a dipanare un conflitto interiore del quale sembrava intenzionato a non voler rendere partecipe nessuno.

«Se continui così, finirai per ammalarti».

«So quello che faccio, Francis».

«Io non credo». Lo osservai guardarmi apatico. «Studi giorno e notte senza risparmiarti, perennemente recluso nella tua stanza, al parco o in qualche triste aula di lezione, quasi fossi alla disperata ricerca di qualcosa a cui non riesco a dare un nome. Non parli con nessuno, se non quando strettamente necessario, evitando ogni contatto col mondo esterno». Presi un respiro profondo, schiarendo la voce tremula. «Stai diventando un estraneo per chiunque ti circondi e vorrei saperne il motivo».

Luke continuava a fissarmi, in ascolto.

«E, soprattutto, vorrei sentirlo da te».

Speravo di averlo convinto a parlarmi perché era evidente – lo sarebbe stato a chiunque – che qualcosa lo stava tormentando ormai da tempo e che tutto quell'asfissiante affaccendarsi sui libri altro non era che un modo – uno dei tanti – per tenere la mente impegnata.

«Ricordi l'incidente di qualche settimana fa, sulla Fifth Avenue?»

Lo osservai interrogativa, tornando con la mente alla tragedia consumatasi poco tempo addietro su una delle più famose strade di New York e di cui i giornali avevano parlato per giorni; una bambina di dieci anni era stata travolta da un'auto in corsa.

«Quando è successo ero lì».

Sentii il respiro accelerare.

«Ho visto quella bambina venire falciata ed essere scaraventata dall'altra parte dell'incrocio».

Lo osservai serrare i pugni nel tentativo di reprimere la rabbia.

«Tra i passanti c'era un medico, mi ha chiesto di assisterlo».

«Come…»

«Mi ha scelto a caso».

Iniziavo a sentire l'aria mancare.

«Ha tentato di rianimarla ma non è servito a nulla. È morta davanti ai miei occhi».

Silenzio.

«Non mi sono mai sentito così inutile, così impotente».

E io non mi ero mai sentita così inerme.

«Riesco ancora a sentire il frastuono dei clacson, il vociferare dei passanti, il fragore dell'ambulanza e le urla disperate della madre». Si passò una mano sugli occhi. «Se solo fossi stato più capace, forse…» Scosse la testa, rammaricato quanto infuriato. «Credevo di essere tagliato per fare il medico, credevo di poter sopportare il fallimento e riuscire a guardare la morte in faccia. Adesso non lo so più».

«Luke…» Mi avvicinai, la voce tremula e gli occhi lucidi. «Anche se avessi avuto più competenze non avresti potuto fare nulla, non più di quanto abbia fatto quel medico».

Continuava a tenere lo sguardo rivolto verso il basso, incapace di sostenere il mio.

«Perciò non addossarti colpe che non hai». Il mio respiro gli solleticò il mento. «Non farlo, ti prego».

«Francis…»

Inclinai il volto, costringendolo a guardarmi. «Non farlo».

Mi fissò impassibile, per poi scivolare nell'incavo del mio collo, stringendomi a sé.

«Luke…»

Lasciai che sfogasse tutta la rabbia e la frustrazione represse, che si aggrappasse alle mie spalle come se non vi fosse un domani.

«Grazie, Francis».

«Faresti lo stesso per me».

Reclinò il capo all'indietro, stanco, le spalle ingobbite e i muscoli tesi.

«Sabato mattina hai impegni?»

«No, non dovrei».

«Tieniti libero e fatti trovare sotto casa mia per le nove».

Mi fissò interrogativo.

«Non è un appuntamento, perciò non metterti in testa strane idee, d'accordo?»

Accennò un sorriso, probabilmente il primo dopo tanto tempo.

«Non oserei».

«Bene».

Lasciai oscillare le braccia lungo i fianchi.

«Rimani o mi accompagni a casa?»

146

«Credo resterò ancora per un po'».

Indicai i manuali sparsi a terra: «Cerca di non esagerare».

«D'accordo».

Mi osservava incerto.

«Puoi anticiparmi qualcosa per sabato?»

«No».

«Devo preoccuparmi?»

«No».

«È qualcosa di spericolato?»

«No».

Si avvicinò, incastonando i suoi grandi occhioni blu nelle mie pozze verdi.

«Sbaglio o hai una leggera tendenza a dire no?»

Lo fissai furba.

«No».

***

Rivolsi un rapido sguardo a Luke, ai piedi della scalinata; vestiva sportivo, un giubbotto nero in pelle, jeans tortora, un paio di sneakers biancastre e le mani rigorosamente in tasca.

«Ehi…»

Sorrise non appena gli andai incontro, per poi fissarmi interrogativo nello scorgere Antonia alle mie spalle.

«Puntuale».

«Ne dubitavi?»

Mi voltai verso la mia cara vicina che non perse l'occasione di abbracciarlo, riservando a lui una calorosa accoglienza e a me un paio di occhiate maliziose.

«È un piacere rivederti, ragazzo. Ti trovo bene».

«Il piacere è mio, Antonia».

«Bene, possiamo andare».

Cercai di ignorare, per tutto il tragitto, gli sguardi incuriositi dell'onnipresente.

«Ci siamo quasi».

Era palese che si stesse arrovellando per immaginare dove fossimo diretti e, soprattutto, perché ci fosse anche Antonia; conscia di avere i suoi occhi su di me, avanzai imperturbabile nel varcare l'ingresso di un noto edificio ospedaliero della city, una delle tante eccellenze in campo medico di New York.

Luke sapeva che non avrei mai fatto nulla che potesse urtare o offendere la sua sensibilità; tuttavia, non potevo non scorgere nei suoi occhi un guizzo di preoccupazione.

«Arrivati».

Presi a braccetto Antonia, aiutandola a percorrere il lungo corridoio grigiastro, quando intravidi una graziosa biondina in camice bianco correrci incontro con occhi vispi e un radioso sorriso sulle labbra.

«Antonia, è un piacere rivederla. Come si sente?»

«Mai stata meglio, tesoro. Francamente non capisco perché debba continuare con questi inutili controlli».

Lanciai un'occhiata sconsolata a Diana, intenta a non scoppiare a ridere.

«Dato che è in ottima forma non ci vorrà molto. Il dottor Taylor la sta aspettando».

«Non credo di avere molta scelta. E comportatevi bene, voi due».

Luke abbassò lo sguardo, nascondendo una risata pronunciata di fronte al mio imbarazzo.

«Come stai, Francis?» mi chiese Diana.

«Non mi lamento. Tu, invece, sempre presa?»

«C'è molto da fare, lo sai. Lui invece non l'ho mai visto, è un tuo amico?»

«Già».

Mi rivolsi all'onnipresente che nel frattempo era rimasto in disparte, fungendo da spettatore.

«Ti presento Luke, sta studiando per diventare medico».

Diana gli strinse la mano con prontezza, fissandolo compiaciuta. «Questa è una bella notizia, non ce ne sono mai abbastanza».

«Diana si sta specializzando in cardiologia, barcamenandosi tra corsi e tirocinio. Lei è troppo umile per ammetterlo ma è considerata una delle leve più promettenti del suo corso».

«Si fa quel che si può, Francis».

Seguì un momento di silenzio quando decise di cambiare argomento. «Ti avviso che sono più euforici del consueto, ti stanno aspettando».

«Sicura non ci siano problemi?»

«Ormai sei una celebrità Francis, qui ti conoscono tutti e, ad ogni modo, definirti un problema sarebbe un'offesa».

Rivolse un rapido sguardo all'onnipresente. «È stato un piacere conoscerti Luke e in bocca al lupo».

«Lo stesso vale per me».

Sentii Diana prendermi per mano.

«Ti riporto Antonia tra un pochino».

«Certo, a dopo».

«Francis…»

Vidi Luke affiancarmisi, interrogativo.

«Qualche mese fa Antonia mi ha chiesto di portarla in ospedale per un controllo. Doveva essere solo per una volta ma, da quel momento, ho preso l'abitudine di farle da accompagnatrice. È così che ho conosciuto Diana, una ragazza simpatica, non trovi?»

Luke continuava a fissarmi.

«E un giorno, per caso, ho fatto altrettante conoscenze interessanti».

«Conoscenze interessanti?»

«Ti piaceranno».

Mi scrutò incerto, non capendo dove volessi andare a parare, quando scorsi un simpatico marmocchio dai grandi occhi azzurri venirmi incontro; indossava un pigiama color carta da zucchero e un paio di ciabattine della stessa tonalità.

«Francis!»

«Dove pensi di andare, Oliver?»

Mi guardò incerto, colto in flagrante.

«In bagno».

«Lo sai che la toilette è dall'altra parte».

Lo presi in braccio mentre mi prodigavo a riportarlo in camera. «Dov'è Ruby?»

«Vuoi dire la signorina Trinciabue?»

Mi sforzai di ignorare l'onnipresente, voltatosi altrove per non scoppiare a ridere.

«È un'infermiera gentile, un poco robusta, Oliver».

«Non è robusta, è almeno dieci volte te».

Sospirai sconsolata quando notai Ruby corrermi incontro con due occhi fuori dalle orbite e i capelli scompigliati.

«Dov'eri finito, Oliver? Quante volte ti ho detto di non girovagare per l'ospedale?»

«Ma Diana ha detto che oggi sarebbe venuta Francis».

Gli scompigliai i folti riccioli biondi.

«Non è una buona ragione. È importante che tu rimanga in camera, d'accordo?»

«Va bene».

«Sei qui, Francis!»

Abbassai lo sguardo, trovandomi davanti una graziosa bambina col caschetto.

«Ciao, Emma!»

«Mi piace la tua maglietta».

«Davvero?»

«E hai un buon profumo».

«Grazie».

Le solleticai la fronte, strappandole un sorriso.

«Sei in ritardo».

Sospirai nel volgere l'attenzione a un altro ragazzino – poco più grande – che mi fissava con sguardo inquisitore, gambe incrociate e braccia conserte; mi avvicinai, poggiandomi sulle candide lenzuola biancastre, sorvolando sull'incarnato pallido e sulle occhiaie violacee.

«E così sarei in ritardo?»

«Di un paio di minuti».

Gli accarezzai il viso scarno mentre mi prodigavo a sistemargli la bandana sul capo, un tempo cosparso di folte ciocche scure. «Come andiamo, Harry?»

«Al solito».

Rimasi in silenzio, incontrando gli sguardi impensieriti di Ruby e Agnes, un'altra specializzanda del piano.

«Non mi fai un sorriso?»

«…»

Scostai il volto, costringendolo a guardarmi negli occhi, quando lo vidi inarcare gli angoli delle labbra all'insù.

«Così va meglio».

Mi accomodai su una sedia lì vicino, circondata da altri piccoli angeli, tutti ricoverati per ragioni che solo Dio era in grado di comprendere.

«Oggi abbiamo un ospite».

Lanciai un'occhiata a Luke, rimasto in disparte.

«È il tuo ragazzo?»

«Oliver…»

Notai l'onnipresente trafiggermi con lo sguardo.

«Lui è Luke, un mio amico».

«E cosa fa?»

«Studia per diventare medico».

Scorsi Emma spalancare gli occhi, mettendogli le braccia al collo.

«Significa che ci curerai tutti e ci farai guarire?»

Luke lasciò correre lo sguardo da me ai ragazzi per poi riposarlo su Emma, stringendola a sé.

«Sì…»

Perseveravo nel fissarlo, assorta, quando avvertii la bandana di Harry solleticarmi la spalla.

«Hai portato qualcosa di nuovo?»

«Può darsi».

Vidi Ruby e Agnes annuire, confermandomi quanto avevo domandato loro con lo sguardo.

«D'accordo, iniziamo».

Poggiai una mano sulla spalla di Luke, invitandolo a seguirmi; ci fermammo accanto al pianoforte posto in fondo al corridoio.

«Quando vuoi, Francis».

Iniziai a ripercorrere con la mente gli anni delle lezioni serali, delle gare e dei concorsi, delle vittorie mancate, di quelle impensate e delle rivincite insperate, sbirciando i miei piccoli spettatori accomodarsi.

«Bene, possiamo iniziare».

Sorrisi appena, rivivendo le emozioni che si provano poco prima di calcare un palcoscenico: il cuore martellante, il respiro affannoso, le labbra secche e tremule, le mani fredde, le membra tese e, soprattutto, la sensazione di aver dimenticato tutto. Chiusi gli occhi, affidandomi alle mani – mie alleate preziose – mentre la melodia iniziava a vincere il silenzio; le dita viaggiavano, muovendosi rapide e ininterrotte in una danza senza fine.

Sentivo ogni parte del corpo vibrare, travolta dal turbinio di emozioni che solo la musica è in grado di infondere; perseveravo nel battere il pedale con foga, affondando i tasti in quello che, con molta probabilità, era stato un pezzo da novanta, uno dei tanti che – trascorsi gli anni migliori – doveva essere stato relegato in qualche triste mansarda, riscoperto e dato in donazione.

Vedevo i bambini fremere – in ascolto delle melodie che mi divertivo a riproporre – dando così vita a un piccolo momento di svago che nulla aveva a che vedere con camici bianchi, aghi, flebo e medicine dal sapore amaro.

Finii per perdere la cognizione del tempo, suonando con tutto il cuore e l'impegno di cui ero capace, nella speranza che le emozioni che stavo vivendo – tristi o spensierate che fossero – potessero arrivare a chi mi stava ascoltando.

Rallentai i respiri al calar della melodia, lasciando che il silenzio tornasse a fare da padrone in quelle mura tristi e spoglie, quando sentii un boato risuonare per la sala; chi si esibisce davanti a un pubblico sa bene che ogni volta è come la prima, non ci si abitua mai.

«Ancora, Francis!»

Trattenni il fiato, sorpresa nel constatare quanto fosse affollato il salone – mai come quella volta – mentre sorridevo ai pazienti e al personale medico, intenti a ringraziarmi con fragorosi battiti di mani.

«Uno alla volta, bambini!»

Non tenterò di riportare la spensieratezza di Harry, l'euforia del piccolo Oliver, l'entusiasmo di Emma e degli altri angeli del reparto.

«Piaciuti i nuovi brani?»

«Sì».

«Sono promossa?»

Scorsi Harry annuire, le gote rosse e un leggero imbarazzo in volto.

«Bene».

Mi scostai appena, permettendo ai piccoli di avvicinarsi al pianoforte, come accadeva tutte le volte che andavo a trovarli.

«È difficile, Francis».

«È proprio questo il bello».

Harry fissava la tastiera, titubante. «Non credo faccia per me».

«Ci hai mai provato?»

«No».

«Allora non puoi saperlo».

Sospirò, per poi sorridermi. «Diverrò un bravo pianista Francis, tu aspettami».

Mi imposi di ricacciare le lacrime non appena sentii le sue braccia cingermi le spalle. «Non vedo l'ora, Harry».

Lasciai i bambini sbizzarrirsi al piano, sorvolando sulle melodie piuttosto stravaganti, per poi voltarmi verso Luke.

«C'è qualcos'altro che dovrei sapere?»

Gli sorrisi, interrogandolo con lo sguardo.

«Brava negli studi e anche al pianoforte».

«Non esagerare».

«Dico solo quello che vedo».

«È stato molto tempo fa».

«Non dovresti lasciar perdere».

Volse lo sguardo oltre le mie spalle, assorto. «Grazie di avermi portato qui».

«Non volevo metterti a disagio».

Scosse il capo, quasi a volermi rassicurare.

«Ho solo pensato che incontrarli potesse esserti d'aiuto come lo è stato per me, tempo addietro» dissi indicando Oliver e gli altri bambini. Portai l'attenzione su Harry ed Emma, presi a bisticciare per contendersi lo sgabello. «Sono sempre stata convinta che quello del medico sia una missione e sai meglio di me che, se intendi perseguire questa strada, dovrai essere pronto a tutto». Presi un respiro profondo. «La vera domanda è se il tuo desiderio di salvare vite umane è più forte del terrore di perderne qualcuna».

Abbassai lo sguardo quando lo sentii solleticarmi il volto. «Grazie, Francis».

Restammo in reparto ancora per un po', almeno fino a quando non ricominciarono i controlli, ragion per cui – seppur a malincuore – dovetti rincasare.

«Sei preoccupata per Harry e gli altri?»

«È così evidente?»

Arrestai il passo, lasciandomi superare da Luke.

«Ogni volta che varco quella soglia prego sempre di rivederli tutti quanti».

Calò un silenzio sinistro quando mi sentii sollevare il mento; ora era lui che rassicurava me, nonostante non potesse promettermi molto. Era curioso notare come ci sostenessimo a vicenda, sempre pronti – più o meno inconsapevolmente – a non lasciar precipitare l'altro.

«Ti offro un gelato».

«Ah sì?»

«Hai preferenze?»

«Sorprendimi».

Feci per avviarmi all'uscita quando lo vidi osservarmi divertito.

«Che succede?»

Si avvicinò, trattenendosi dal ridere.

«Hai già cambiato idea?»

Sembrava si stesse arrovellando per non risultare indelicato.

«Non stai dimenticando qualcosa?»

«Cosa?»

Lo vidi aggrottare la fronte, un'espressione intenerita in volto, quando spalancai gli occhi, colta da un'illuminazione improvvisa. «Antonia!»

10

Da quel sabato in clinica Luke sembrò ritrovare la determinazione di un tempo, accompagnata da una consapevolezza decisamente diversa; continuò il suo periodo di reclusione barcamenandosi tra un corso e l'altro, tanto da arrivare a vedersi di rado, giusto qualche sera nel weekend e per il pranzo della domenica, quando si optava per una rimpatriata di gruppo, oppure per accompagnarmi in ospedale da Harry e gli altri, approfittando dei controlli di Antonia.

Sollevai lo sguardo, volgendo l'attenzione al giardino davanti a me, mentre mi arrabattavo a sfornare le lasagne che avevo preparato con tanto impegno sotto lo sguardo vigile di Alexandra, una tutor invidiabile.

Le avevo chiesto di darmi lezioni di cucina – impazziva per quella italiana – e dopo qualche tentativo andato a male tra torte bruciate, paste scotte e arrosti anneriti, avevo finalmente iniziato ad avere un buon rapporto coi fornelli.

Più o meno.

«Hai una vista magnifica».

«Sono fortunata ad avere un angolo verde tutto per me».

Alexandra era troppo modesta per vantarsi di avere una meravigliosa villetta, nonché un vero e proprio parco in miniatura con tanto di piscina.

«Così non devo necessariamente recarmi a Central Park».

Soffocammo uno sghignazzo pronunciato mentre ci scrutavamo furbesche; quella domenica primaverile rappresentava, di fatto, una delle piacevoli rimpatriate a cui avrebbe preso parte anche l'onnipresente.

I corsi del primo semestre erano ormai un ricordo lontano, così come le vacanze natalizie e la sessione invernale; avevo la triste sensazione che il tempo mi stesse sfuggendo di mano, impedendomi di assaporare appieno quelli che avrebbero dovuto essere gli anni più belli della mia vita, in questo continuo alternarsi tra lezioni ed esami.

«Avete bisogno d'aiuto?»

Sorrisi nel vedere Daniel affiancarmisi e scrutare con occhi ridenti, dall'alto del suo metro e ottanta, l'invitante pranzetto che avevamo cucinato con tanto amore.

«Avete già apparecchiato?»

«Mancate solo voi».

Mi voltai verso Ale, incoraggiandola con lo sguardo.

«Vai dagli altri, si staranno chiedendo che fine hai fatto. Qui abbiamo finito, a questo punto può aiutarmi anche Daniel».

«Sicura?»

«Prometto di non dare fuoco alla cucina».

Lanciai un'occhiata al mio amico d'infanzia, che sorrise malandrino.

«Resto io Ale, non preoccuparti».

«Fate i bravi».

Ci osservò divertita mentre si apprestava a raggiungere gli altri, volatilizzandosi.

«Come stai?»

Scorgo Daniel rilassare le spalle, reclinando il capo all'indietro.

«Stanco ma, tutto sommato, bene».

«Sai che con me puoi parlare».

Lo vidi voltarsi nella mia direzione e scompigliarmi la frangia lunga.

«Anche tu».

«Con Alexandra?»

Di colpo si bloccò, colto impreparato; probabilmente non si aspettava una domanda così diretta, seppur da parte mia.

«Perché mi chiedi di Ale?»

Sentii le fessure degli occhi assottigliarsi.

«Dovresti dirmelo tu».

«Cosa vuoi sapere, Francis?»

«Ti piace?»

Mi si affiancò, impacciato come poche volte, passandosi una mano tra i capelli.

«Hai paura?»

«Può darsi».

«Hai paura di non piacerle abbastanza?»

Lo osservai scuotere la testa. «Non lo so».

«È normale avere paura, Daniel».

Fissai un punto indefinito oltre il mio naso.

«Però, se davvero tieni a lei, dovresti dirle cosa provi». Lo sentii posare il mento contro la mia testolina folta. «Altrimenti rischi solo di farle del male».

«Potrei dire lo stesso di te e Luke».

Trattenni il fiato, spiazzata da quel commento improvviso, mentre mi scostavo per poterlo guardare negli occhi.

«Cosa c'entra Luke?»

«Ti piace?»

«Non in quel senso, se è questo che intendi».

Mi scrutò a metà tra il rassegnato e l'infastidito.

«Non sono l'unico ad avere paura, a quanto pare».

Mi avvicinai, mettendogli tra le mani una portata di lasagne.

«Ti sbagli, io non sono affatto interessata ad avere una relazione».

«A giudicare da come lo guardi non si direbbe, Francis».

«Sei geloso?»

Scosse la testa, abbassando lo sguardo.

«Sto solo dicendo che mi parli di coraggio quando sei tu la prima a non averne».

«Sei fuori strada».

«Allora spiegami, aiutami a capire, perché proprio non riesco».

«Non c'è nulla da capire».

Mi scrutò come a volermi estorcere una confessione che sapeva non avrebbe mai ottenuto.

«Non illuderlo, Francis».

«Parla chiaro con Ale».

Non pensavo che la conversazione potesse prendere quella piega così singolare; trattenni il fiato non appena lo sentii avvicinarsi. «C'è qualcosa che non so?»

«No...» Scossi il capo, tenendo lo sguardo a terra. «Nulla di cui preoccuparsi».

Avvertii le sue labbra posarsi sulla tempia, deciso a troncare la conversazione.

«Andiamo dagli altri, d'accordo?»

Stavo ancora fissando il pavimento. «Ti raggiungo subito».

Rimasi sola per un po', giusto il tempo di mascherare quel senso di inquietudine che aveva iniziato ad attanagliarmi l'animo.

«Francis!»

«Sto arrivando!»

Continuavo a pensare alle parole di Daniel, immaginando il volto di Luke; evidentemente non ero stata abbastanza brava a non lasciarmi coinvolgere.

«Eccoti!»

«Ci stavamo preoccupando, dov'eri finita?»

Scorsi Ariane venirmi incontro.

«Stavo assicurandomi di non aver dato fuoco alla cucina».

Lanciai un'occhiata ad Ale, che mi fissava divertita, per poi avvicinarmi alla tavolata che i ragazzi avevano imbandito con tanto di fiori; mi sedetti composta, dando inizio alla nostra rimpatriata domenicale.

«C'è da fidarsi?»

«Mangia, Thomas».

«Suscettibili».

Conversammo del più e del meno, tanto di argomenti impegnati quanto di stupide frivolezze, per poi deliziarci con dei giochi all'aperto – fortunatamente il giardino di Ale lo permetteva senza problemi.

«Non...» Sollevai le mani – un sorriso tirato in volto – nello scorgere Ariane e Luke avanzare verso me e Thomas con un paio di gavettoni tra le mani. «Non ci provare, Ari». Mi sorrise furbesca. «Luke, per favore».

Arretrai lentamente, fino a sbattere contro il tavolo da pranzo.

«Non osereste».

«Sicura?»

Stavo trattenendomi dal ridere, mal celando un certo nervosismo.

«Non vi conviene».

«Davvero?»

Rilassai le spalle non appena mostrai – con nonchalance – il gavettone che Alexandra mi aveva passato da sotto il bancone, per non parlare di quando la vidi affiancarmisi con una di quelle ingombranti pistole ad acqua per bambini.

«Sicuri di voler continuare?»

Adesso Ariane e Luke parevano un po' meno sfrontati.

«Ale, non vale!»

«Eccome».

Avanzammo con passo lento e cadenzato, recuperando terreno, quando scorsi la figura di Daniel fare capolino con un una pistola ad acqua simile alle nostre, solo due volte più grande.

«Arrivano i rinforzi!»

Risi come poche volte, tornando indietro nel tempo, agli anni spensierati della fanciullezza, mentre venivo bagnata da capo a piedi e trascinata a terra insieme agli altri; mi abbandonai contro il prato, portando un braccio dietro la testa, sforzandomi di ignorare i vestiti fradici e i capelli impresentabili.

«Grazie per avermi innaffiato il giardino».

«Di nulla, Ale».

Restammo sdraiati uno sopra l'altro, lasciandoci cullare dal silenzio; sentivo la testolina di Ari solleticarmi il ventre, per non parlare di quella di Ale contro la mia spalla.

«Stavo pensando…»

Concentrai l'attenzione sui respiri affannati dei ragazzi.

«Potremmo tornare in Toscana per la sessione estiva, in preparazione degli esami».

Silenzio.

«Sicura non sia un problema?»

«Niente affatto».

Mi sollevai lentamente, stando attenta a non far capitolare le ragazze.

«Invece di studiare qui a New York potremmo sfruttare qualche giorno al mare, al fresco; sarebbero due settimane prima dell'inizio della sessione estiva».

Rivolsi una rapida occhiata ad Ari e agli altri, ricevendo un tacito grazie con lo sguardo, mentre mi lasciavo ricadere stancamente a terra.

«E Toscana sia».

***

Se avessi saputo che da quel momento tutto sarebbe cambiato avrei evitato di proporre un ritorno in Versilia; l'equilibrio che aveva caratterizzato per così tanto tempo le nostre vite evidentemente era destinato a interrompersi, arrivando a sconvolgere quanto vissuto negli ultimi due anni.

Era un pomeriggio di fine giugno, caldo e soleggiato; me ne stavo seduta in giardino con i libri di economia ammassati uno sopra l'altro, una matita tra i capelli, le gambe accavallate e lo sguardo assorto.

«Che stacanovista».

«Senti chi parla».

«Vuoi fare una pausa?»

«Sono piuttosto indietro, è meglio che continui».

Vidi Luke fissarmi titubante, incerto. «Vorrei parlarti».

In quell'istante sentii le gambe cedere e lo stomaco serrarsi.

«No Luke, ti prego».

«Francis…»

Smisi di respirare non appena lo sentii cingermi le spalle.

«Ti prego, no».

Sperai con tutta me stessa di non affrontare quella conversazione, iniziando a escogitare un modo per defilarmi ma senza successo.

«Mi spieghi che succede?»

Non vi era rabbia o risentimento nelle sue parole, al contrario il suo tono di voce era dolce e rassicurante.

«Ultimamente mi eviti e fatichi a parlarmi. Ho fatto qualcosa di sbagliato?»

Iniziai a scuotere la testa, decidendomi a sollevare lo sguardo.

«Ho avuto paura che ti stessi interessando a me più di quanto non volessi».

L'avevo detto, finalmente ero riuscita a dirglielo, anche se speravo di non essere risultata brutale.

«E se fosse?»

Le ultime parole che avrei voluto sentirmi dire.

«Me lo avevi promesso».

«Non fingerò di esserne dispiaciuto».

«Non posso darti di più, Luke».

«Ma vorresti?»

«No».

«Allora perché stai piangendo?»

«Perché non voglio farti del male».

Avvertii un macigno all'altezza del cuore.

«C'è qualcun altro?»

«No».

Mi fissava serio.

«Non c'è nessun altro, Luke».

Abbassò lo sguardo, le mani in tasca e il respiro affannoso.

«Non sono interessata al matrimonio o alla vita di coppia, non fa per me».

«Un giorno ti sposerai, Francis».

«No».

«E invece sì».

«Ti sbagli».

Presi un respiro profondo mentre cercavo il coraggio di dirgli quello che, con molta probabilità, non avrebbe mai voluto sentire.

«Restiamo amici, non complichiamo le cose».

Lo fissai supplice, timorosa della sua reazione.

«Non mi basta più».

«Luke…»

«Mi dispiace, Francis».

Lo sentii superarmi quando mi voltai di scatto, cercandolo con gli occhi.

«Luke, ti prego!»

«Non è colpa tua».

Avevo il volto paonazzo e inondato di lacrime ma poco importava ormai.

«È solo che mi sono sbagliato credendo che tu...» Aveva irrigidito le spalle, incapace di continuare. «Spero ti spezzi il cuore, chiunque egli sia».

Quelle parole fecero male quanto una pugnalata al petto.

«Non è come pensi, Luke!»

«Forse allora ti renderai conto».

Si allontanò con passo felpato, superando Ariane che aveva assistito alla scena da dietro la porta, in silenzio.

Sentivo le lacrime scorrere lungo le linee del mio viso, annebbiandomi la vista; avevo sperato con tutta me stessa di non affrontare mai quel genere di conversazione con lui ma, evidentemente, le mie erano risultate vane speranze.

Luke non poteva capire, nessuno poteva tranne me e andava bene così; scrutai Ariane venirmi incontro.

«Francis...»

La sua voce era rammaricata.

«Perché?»

«Perché è giusto così».

***

Quella sera mi recai in camera di Luke nella speranza di parlargli nuovamente ma quello che vidi mi colpì come uno schiaffo in pieno volto: il letto intatto, la scrivania spoglia e l'armadio vuoto.

Di lui non vi era traccia; se ne era andato silenziosamente, senza destare alcun sospetto della sua dipartita: non un biglietto, non un messaggio, niente di niente.

Mi appoggiai allo stipite della porta quando incontrai il volto di Daniel, non molto distante; non disse nulla, lanciando un paio di occhiate furtive alla triste stanza spoglia, per poi abbassare il mento e allontanarsi, lasciandomi sola.

11

Con l'inizio della sessione estiva non furono molte le occasioni di incontrarsi ma le poche volte in cui vidi Luke non furono, di certo, da annoverare tra i ricordi piacevoli; fingeva una serenità non propria, mal celando un imbarazzo e una tristezza che avevo avuto modo di osservare in rare occasioni.

Mi era capitato di sorprenderlo a scrutarmi di nascosto, assorto e riflessivo, e quando cercavo di avvicinarmi il risultato era sempre lo stesso: mi sorrideva, conversando del nulla, per poi defilarsi elegantemente.

Faticava persino a guardarmi negli occhi, come invece aveva sempre fatto con tanta disinvoltura.

«Hai provato a parlargli?»

«Fa di tutto per evitarmi».

Rivolsi una rapida occhiata ad Ari, appoggiata alla mensola accanto.

«Credevo ti piacesse».

Mi lasciai ricadere lungo lo schienale della sedia, incontrando gli occhi dispiaciuti di Alexandra.

«Non in quel senso».

«Non si direbbe, Francis…»

«Non capisco perché tutti vogliate vedermi fidanzata con Luke!»

Mi alzai di scatto, reprimendo in malo modo un certo nervosismo. «Perché non possiamo essere semplicemente amici?»

La voce di Antonia risuonò decisa: «Quel ragazzo non potrà mai esserti amico, Francis».

«Perché?» chiesi, come se avessi avuto bisogno di Antonia per capirlo.

«Perché è innamorato».

Chiusi gli occhi, riluttante ad accettare quella verità.

«E credo che anche lui non ti sia mai stato indifferente».

Abbassai lo sguardo, stanca.

«Di cosa hai paura, Francis?»

«Non ho paura».

Mi osservavano con insistenza, come se questo bastasse a strapparmi una confessione.

«Vado a prenderti un fazzoletto, sei inguardabile».

Affondai le unghie nei palmi delle mani mentre osservavo Ari allontanarsi.

«E allora qual è la ragione di tanta resistenza?»

«Sto bene così, tutto qui».

Scorsi Antonia fissarmi sconsolata. «Quanto sei cocciuta, proprio non ti capisco».

Mi abbandonai a un lieve sorriso quando sobbalzai al suono di un tonfo rovinoso che, con molta probabilità, doveva provenire dal salotto.

«Cosa...»

Quel momento sarebbe rimasto impresso nella mia mente per molto tempo; sentii l'ansia attanagliarmi l'animo e la paura serrarmi lo stomaco. Di getto mi precipitai in salotto, seguita da Alexandra, quando i miei occhi incontrarono la figura di Ari stesa a terra, inerme e col volto insanguinato, lo spigolo del tavolino macchiato di rosso.

«Ari!» Le gambe presero vita, facendomi arrivare a lei ancor prima di rendermene conto. «Chiamate un'ambulanza!»

Leggevo la paura negli occhi di Alexandra che, tremante, aveva afferrato il cellulare senza mai distogliere lo sguardo da terra.

«Ari!» La chiamavo, nella speranza che riuscisse a sentirmi, ma invano. «Avanti, Ari!»

Antonia mi si era inginocchiata accanto, il fiato corto e le labbra serrate, continuando a ripetermi che si sarebbe risolto tutto per il meglio.

Per molte notti avrei ricordato le urla di Ale al telefono, il tono impaurito e teso, il frastuono della sirena, la folle corsa in ospedale, la voce angosciata della madre di Ari oltreoceano, il corpo esanime della mia più cara amica stesa su una triste barella di reparto, le porte della sala operatoria chiuse in faccia.

Sperai con tutta me stessa che quel film potesse avere un lieto fine, immaginando Ariane venirmi incontro e sorridermi con i suoi profondi occhi azzurri, abbracciarmi e accompagnarmi a fare compere.

«Francis...»

Mi abbandonai contro il pavimento freddo e spoglio, lo sguardo fisso davanti a me.

«Andrà tutto bene».

La voce di Antonia risuonò calda e pacata mentre nascondevo un sorriso rassegnato; non era mai stata brava a mentire.

***

Presi un respiro profondo, reclinando il capo all'indietro; avevo due solchi violacei poco sopra gli zigomi, per non parlare dell'incarnato pallido e dei capelli scompigliati.

Ero a pezzi, fisicamente e mentalmente, e Alexandra non faceva eccezione. Volsi lo sguardo, osservandone la testolina folta poggiata contro la mia spalla; aveva resistito tutta notte per poi crollare verso l'alba.

«Francis…»

Vani erano stati, invece, i tentativi di convincere Antonia a rincasare; mi porse uno di quegli imbevibili caffè dei distributori automatici.

«Grazie».

«Di nulla, tesoro».

I genitori di Ariane avevano preso il primo volo per New York, arrivando con largo anticipo; scrutai assorta la porta biancastra oltre la quale erano scomparsi già da un'ora.

«Dovresti riposare…»

«Non credo di riuscirci, Antonia».

Dei passi rapidi e leggeri catturarono la mia attenzione, inducendomi a volgere gli occhi al corridoio dove intravidi le figure di Daniel e Thomas avanzare con impazienza. Lui non c'era.

«Francis!»

Affondai le unghie nella carne fresca, ignorando il dolore, mentre osservavo Daniel inginocchiarmisi davanti.

«Ari?»

«Ancora nulla».

Rivolse un rapido sguardo ad Ale, sfiorandole la guancia.

«Voi state bene?»

«Non proprio».

Mi scrutò comprensivo.

«I genitori di Ariane?»

«Stanno parlando coi dottori».

«Luke sta arrivando».

«…»

Chiusi gli occhi, dandomi della sciocca per aver dubitato di lui; avevamo discusso e faticava a parlarmi ma non avrebbe mai potuto voltarmi le spalle, non in una situazione come questa.

Passai le mani tra i capelli, stanca di quell'attesa così snervante, quando scorsi i genitori di Ari venirmi incontro.

«Francis…»

Quel tono di voce non faceva presagire nulla di buono ma questo lo sapevo già. «Signora Wilson…»

Lanciai un'occhiata al padre di Ariane, un uomo apparentemente austero ma in realtà dolce e comprensivo; teneva lo sguardo rivolto verso il basso, incapace di sostenere il mio.

«Come sta?»

«Non bene».

«Quanto "non bene"?»

«Molto».

Scossi il capo, lo sguardo confuso. «Molto?»

Osservai la signora Wilson, la voce rotta dal pianto. «Ariane voleva che non lo sapesse nessuno, neanche tu Francis».

«Sapere cosa?»

Scrutai il signor Carter, intenzionato a non voler prendere parte alla conversazione.

«Ci ha fatto promettere di non parlarne con nessuno».

«Signora Wilson, cosa sta cercando di dirmi?»

«Ariane ha la leucemia».

Quelle parole non furono come uno schiaffo in pieno volto ma molto, molto di più; provai l'angosciosa sensazione di trovarmi in un incubo senza sapere come uscirne.

«Non può essere…»

Scorsi Ale poggiarsi al muro lì vicino.

«C'è stato un periodo in cui si è sentita poco bene ma…»

Strinsi i pugni, iniziando a mettere insieme i pezzi di quel puzzle così sapientemente costruito.

«Da quanto?»

«Poco più di due anni».

Mi allontanai bruscamente.

«E voi avete lasciato che partisse per New York?»

«Sai bene quanto desiderasse studiare alla Columbia, insieme a te».

«Non avreste dovuto lasciarla andare».

«È stata una sua decisione».

«Pessima».

«Non per lei».

Poco a poco tutto stava tornando al proprio posto; l'incarnato pallido, gli occhi stanchi e solcati, il respiro affannoso, i dolori in piena notte.

«E adesso?»

Ripensai alle molteplici occasioni in cui Ariane aveva fatto ritorno in Italia, ricorrendo a scuse che a quei tempi erano parse così plausibili e insospettabili; tutti diversivi di cui non mi ero mai resa conto.

«Francis…»

«La state curando, giusto?»

La signora Wilson mi scrutò rammaricata; evidentemente le sorprese non erano ancora finite.

«Perché la state curando, vero?»

«Sì, Francis…»

Finalmente il signor Carter abbandonò il proprio angolo di reclusione: «Ma ha smesso di rispondere alle cure».

Un altro pugno nello stomaco, un'altra coltellata in pieno petto.

«Ha smesso…»

Indietreggiai sotto gli occhi impensieriti dei presenti, sbattendo contro il muro lì vicino; non mi ero mai sentita così impotente, così inutile.

Il responso era stato semplice e angoscioso; Ariane stava morendo, lentamente e inesorabilmente, e nessuno di noi avrebbe potuto fare nulla per impedirlo.

Da una parte fremevo dalla voglia di prenderla a sberle per avermi nascosto la verità, dall'altra desideravo soltanto abbracciarla, perché in fondo – al suo posto – mi sarei comportata allo stesso modo.

«Avrei dovuto accorgermene».

Vidi la signora Wilson circondarmi le spalle.

«No Francis, ti prego…»

Mi trovavo di fronte a qualcosa di infinitamente più grande di me.

«Non devi rimproverarti nulla, Ariane non vorrebbe e nemmeno noi».

Alexandra mi fissava con due occhioni smarriti, al pari di Daniel e Thomas, quando un'ombra catturò la mia attenzione.

«Luke…»

Vidi il tempo arrestare la propria corsa; scrutai l'onnipresente – apatica – per poi superarlo e dirigermi con passo spedito alla toilette.

«Francis!»

«Va' con lei!»

Ignorai le urla alle mie spalle, correndo alla ricerca di un bagno per riversarmi sul primo lavandino utile.

«Francis!»

Tossivo spasmodicamente, rivoltando l'anima, quando avvertii qualcosa di umido rinfrescarmi la fronte.

«Non…»

Chiusi gli occhi nel sentire una mano afferrarmi per la vita.

«Sei nel bagno delle donne, Luke».

«Poco importa».

Tossii nuovamente, quando vidi Alexandra prendermi per mano. «Respira…» Mi fissava preoccupata. «Brava, così…»

Antonia e Daniel mi osservavano poco distanti, impietriti. «Possiamo…?»

Andai a specchiarmi negli occhi della signora Wilson e del signor Carter, schioccando la lingua sul palato, proprio come avrebbe fatto Ariane. Due parole. Due parole soltanto. «Possiamo vederla?»

***

Ariane sembrava una bambina anche quando dormiva, vulnerabile e dolce; i boccoli biondi le ricadevano ordinati lungo le spalle ampie, il petto si alzava e abbassava con moto regolare, come in una danza, le labbra carnose – un tempo rossastre – erano schiuse in un tenue sorriso, pallide e smorte.

La guardavo e pensavo, maledicendo la mia ingenuità; avevo il mento incastonato nel palmo della mano, il gomito sul bracciolo e le caviglie accavallate, accanto ad Alexandra.

«Francis…»

«Ehi…»

Scrutai Ariane rivolgermi uno dei suoi dolci sorrisi, assonnata.

«Ben svegliata, come ti senti?»

«Emicrania a parte, abbastanza bene».

«Ci hai spaventate, sei caduta a peso morto sul tavolino in sala, volevi rinnovare l'arredo?»

La osservai coprirsi il volto con le mani. «Che vergogna».

«Smettila». Avevo pensato a molti modi per dirglielo ma alle fine decisi di ricorrere a tutta la schiettezza di cui ero capace. «Ho chiamato i tuoi».

Seguì un silenzio singolare. «Scusami?»

«Sappiamo tutto, Ari».

Quella frase fu sufficiente ad ammutolirla, facendola sprofondare nel cuscino. «Mi dispiace…»

«Va bene così».

In realtà non andava bene per niente.

«Non avreste dovuto scoprirlo in questo modo».

Mi sforzai di risultare convincente quando una serie di gemiti sommessi catturò la mia attenzione, portandomi a volgere lo sguardo ad Alexandra che stava, teneramente, cercando di trattenersi dal prorompere in un pianto rovinoso.

«Ale no, ti prego…» La voce di Ariane era così dolce; nonostante la situazione non fosse delle migliori, riusciva ancora a ostentare sicurezza. «Posso chiedervi dell'acqua?»

«Certo, vado io».

«Grazie Ale».

«Torno subito».

Io e Ariane avevamo bisogno di un momento tutto nostro per confessare l'inconfessabile, consce che non avremmo più avuto un'occasione simile.

«Perché, Ari?»

«Sai bene perché».

«No, non lo so».

«Al mio posto avresti fatto lo stesso».

Scossi la testa, riluttante ad accettare quella verità tanto scomoda. «Avresti dovuto dirmelo».

«Se te ne avessi parlato ti avrei fatto solo stare male».

«Pensi che adesso non stia soffrendo? Io come tutti gli altri?» Mi alzai bruscamente, dandole le spalle. «Forse avrei potuto…»

«Non avresti potuto fare nulla, Francis». La sentii ridere, mesta. «Il mio non è un raffreddore, qualcosa da cui si guarisce».

Portai una mano alla bocca, iniziando a fissare il pavimento.

«Questi ultimi due anni sono stati una benedizione, non avrei potuto chiedere di più».

«Smettila, ti prego».

Mi girai di scatto, fulminandola con lo sguardo. «Non parlare come se fossi già morta, non farlo».

«Prima ti abituerai all'idea e meglio sarà».

Iniziavo a sentire gli occhi pizzicare. «Parli come se non avessi paura».

«Mai detto niente di simile».

Quella ragazza era incredibile; schiarii la voce, tornando a sedermi accanto a lei.

«Io ci sarò sempre, Francis».

«Basta, ti prego…»

«Continuerò a guardare il mondo, solo con i tuoi occhi. Ti starò sempre accanto, anche se non potrai vedermi. E quando ti imbatterai in una farfalla bianca, di quelle che ti piacciono tanto, mi saprai vicina».

Chiusi gli occhi nel sentirla affondare il volto contro la mia spalla; tremava, nonostante facesse di tutto per mostrarsi forte.

«Promettimi che ti laureerai a pieni voti, che continuerai a studiare, che vivrai al massimo delle tue possibilità e, soprattutto, che farai di tutto per vincere dove io ho fallito».

In quel momento sentii il respiro mozzarsi. «Ari…»

«Guardami negli occhi e dimmi che non sei mai stata operata al ginocchio».

«Che intendi dire?»

«Che il tuo problema, lo stesso che ti obbliga a tornare periodicamente in Italia e che ti induce a tenere lontano Luke deve essere qualcosa di più serio di un ginocchio malmesso».

Mi sporsi in avanti, prendendola per un braccio.

«Non è nulla di cui preoccuparsi».

«Abbiamo mentito abbastanza».

«Non è niente di grave».

«Non c'è mai stato nessun ginocchio, vero?»

La presi per le spalle, un gesto secco delle mani. «Smettila, Ari!»

«Mi fai la morale quando sei tu la prima a non essere sincera!»

Accostai la fronte alla sua, prendendo un respiro profondo. «Devi fidarti di me».

«Ti prego, Francis...» Scosse il capo, visibilmente impensierita. «Non fare scherzi».

«Ariane...»

«Vivi».

Quelle parole mi colpirono come uno schiaffo in pieno volto.

«Vivi anche per me».

Chiusi gli occhi, restando in ascolto.

«Promettimi...»

«Non approfittarne».

La sentii trattenersi dal prorompere in uno sghignazzo pronunciato.

«Promettimi che rifletterai su Luke».

Questa volta non sbuffai né cercai di cambiare argomentazione; presi un respiro profondo, abbandonandomi contro la sua spalla.

«In questo momento somigli molto ad Antonia».

«Non allontanarlo, Francis».

Mi lasciò un bacio a stampo sulla fronte.

«Quel ragazzo potrebbe essere la cosa migliore che ti sia mai capitata, nel bene e nel male».

Silenzio.

Un silenzio che parve preoccuparla più del dovuto.

«Francis?»

«D'accordo».

Lasciai che si fiondasse tra le mie braccia, un
sorriso amaro e lo sguardo triste.

«Promesso».

***

Gli ultimi mesi furono intensi, un continuo alternarsi tra università e ospedale; Ariane perseverava nel nascondersi dietro finti sorrisi e false
rassicurazioni mentre la osservavo indebolirsi
giorno dopo giorno. Nonostante la stanchezza e
il dolore, mi guardava con gli stessi occhi furbe-
schi di quando era adolescente, le due fossette ai
lati delle labbra, le lentiggini sul tenero nasino
alla francese. Mi fissava e rideva quando le rac-
contavo le ultime novità tra cui la rocambolesca
caduta di Sara Ferguson dalla scalinata principale dell'ateneo – moriva dalla voglia di mostrare
un tacco dodici che non sapeva portare – per non
parlare del fidanzamento tra Ale e Daniel.

«Finalmente, non ci speravo più!»

«Ari!»

Alexandra si era coperta il volto con le mani,
imbarazzata.

«Sono felice per voi, davvero».

In quelle parole colsi una triste malinconia nostalgica; restammo in silenzio per un tempo incalcolabile quando vidi Alexandra sdraiarsi ac-

canto ad Ari, mostrandole gli ultimi appunti di lezione.

Le guardavo e pensavo, riflettendo sugli avvenimenti delle settimane passate.

Fu inutile convincere Ariane a tornare in Italia, preferiva rimanere qui con noi negli States; era affamata di normalità, bramava dalla voglia di sentirsi raccontare quanto accaduto nell'arco della giornata, di conoscere ogni novità della vita universitaria e non.

Mi bastava oltrepassare la soglia di quella triste camera ospedaliera per illuminarle il volto; faceva leva sui gomiti, salutando me e Ale con un cenno del capo, in attesa di iniziare a conversare.

I ragazzi non furono da meno, si premurarono di farle visita pressoché tutti i giorni, barcamenandosi tra corsi e laboratori; anche Luke fece di tutto per essere presente, ingegnandosi e sacrificando qualche ora di lezione se necessario.

Le settimane trascorse furono come un lungo addio; ogni giorno mi svegliavo con la consapevolezza che potesse essere l'ultimo in compagnia di Ariane e ogni sera rincasavo rincuorata del fatto che non lo fosse stato.

Un lungo e angoscioso addio fino a quel triste venerdì di fine novembre. «Hai un aspetto orribile, un tè caldo ti farebbe bene».

Sorrisi nel vedere Ari regalarmi un affettuoso buffetto sulla guancia; sapevo che opporsi sarebbe stato inutile perciò, seppur controvoglia, la salutai con un rapido bacio sulla fronte avviandomi, ignara, ai distributori automatici del piano. «D'accordo, torno subito».

«Ti aspetto».

Ricordo di essermi fermata sulla soglia d'ingresso, imbattendomi nei suoi meravigliosi occhi azzurri, prima di darle le spalle e allontanarmi. «Fai la brava».

«Come sempre».

Uscita dalla stanza avevo salutato Luke, poco distante. «Hai bisogno di una pausa, vai a prendere qualcosa da bere, ci siamo io e Thomas».

L'avevo ringraziato con lo sguardo per poi avviarmi – stanca – alle macchinette in fondo al corridoio, in compagnia di Ale.

«Caffè?»

«Meglio un tè, grazie».

Mi ero accostata al muro lì vicino, una sensazione sinistra all'altezza dello stomaco; respiravo affannosamente – inquieta – cercando di trovare pace in quell'inferno, quando delle urla richiamarono la mia attenzione.

«Paziente trentatré!»

Sollevai il volto, sentendomi venir meno non appena scorsi un paio di camici bianchi correre in direzione della camera di Ariane.

«È in arresto cardiaco!»

In quell'istante il tempo parve fermarsi; pregai di sbagliarmi, pregai con tutta me stessa di aver inteso male.

Nonostante le gambe tremule, il respiro corto e la vista annebbiata riuscii a riprendere possesso del mio corpo; corsi quanto più veloce, seguita da Alexandra, quando mi imbattei nelle braccia del padre di Ariane. Luke era poco distante, pallido e smorto, al pari di Thomas e della signora Wilson.

Non so per quanto tempo restammo in attesa, ma quando incontrai gli occhi rammaricati del dottor Sanchez ebbi la conferma di quello che non avrei mai voluto sentirmi dire.

«Mi dispiace…»

In quel momento, il più lungo della mia vita, sentii il mondo crollarmi addosso; vidi la madre di Ari capitolare a terra e con lei il signor Carter mentre cercava di sorreggerla, seppur inutilmente.

«Mi dispiace molto…»

Portai una mano alla bocca, riversandomi sulla parete fredda e spoglia, il petto di Luke contro la mia schiena.

«Non l'ho salutata…»

«Francis…»

«Lasciami Luke!»

«No».

«Ti prego, lasciami!»

Cercai di divincolarmi ma inutilmente.

«Lei mi aspettava…» Mi sentivo morire, come se mi fosse stata tolta la parte migliore di me. «Lei mi aspettava e non l'ho salutata…»

Continuai a ripetere la stessa frase per un tempo incalcolabile fin quando il silenzio tornò a fare da padrone, con me e la signora Wilson a terra, i visi pallidi e spenti.

Quel "ti aspetto" pronunciato con così tanta tristezza mi avrebbe rincorso per molte notti, tramutandosi in un incubo ricorrente.

Volsi lo sguardo alla finestra lì vicino, conscia che il Natale a venire sarebbe rimasto scolpito per sempre nel profondo del mio animo – difficile da dimenticare – pregando che il tempo, un giorno, potesse dare sollievo a quel dolore tanto grande.

12

Dopo la morte di Ariane i giorni si susseguirono rapidi, molto più di quanto potessi immaginare, catapultandomi all'inizio dell'ultimo anno di università in un battito di ciglia. Furono mesi difficili da affrontare, stancamente dolorosi, ma lo studio aiutò me e i ragazzi a tenere la mente impegnata; Dio solo sa quanto Ari desiderasse laurearsi alla Columbia e ognuno di noi – io per prima – era determinato a concludere quel percorso di vita anche per lei.

La presenza costante di Alexandra e Antonia aiutò a sopperire al triste vuoto creatosi in casa; ogni angolo finiva per ricordarmi qualcosa di lei, un sorriso, un momento di ilarità o di tristezza: un piccolo vissuto quotidiano.

Anche Daniel e gli altri si dimostrarono dei compagni di viaggio invidiabili, sempre pronti a dare manforte; ebbi la conferma di avere accanto degli amici veri, di quelli che si contano sulla punta delle dita, di quelli che ti stanno vicino senza chiedere nulla in cambio, capaci di ascoltarti e consigliarti, disposti a sacrificare una parte di se stessi se necessario.

Stavo camminando verso casa quando scorsi una figura familiare venirmi incontro; la vicenda di Ariane l'aveva spinto ad abbandonare ogni forma di risentimento e di rammarico.

«Ciao, Luke».

Quanto a me, la pacatezza degli ultimi mesi

stava lasciando posto a un tono di voce decisamente più affabile.

«Ciao Francis».

Abbassò lo sguardo mentre si prodigava a togliermi di mano un paio di ingombranti tomi di inferenza.

«Questi li porto io. Posso?»

«Solo perché sei tu».

«Ti accompagno».

Per un po' nessuno dei due parlò più; continuai a tenere lo sguardo fisso davanti a me quando lo vidi arrestare il passo.

«Avrei dovuto parlartene tempo addietro ma non era mai il momento».

Lo fissai mesta, invitandolo a continuare.

«Non mi sono mai scusato per come mi sono comportato in Versilia, quando abbiamo discusso».

«No, Luke…»

«Sono stato piuttosto duro, non avrei dovuto».

«Non devi scusarti, davvero».

«È stata una reazione infantile, mi dispiace Francis».

In quel momento mi tornarono alla mente le parole di Ariane ma le ricacciai.

«C'è qualcos'altro che vorresti dirmi, non è vero Luke?»

«Sono così un libro aperto per te?»

Quando qualcosa lo impensieriva era solito aggrottare la fronte e contrarre le labbra.

«Frequento una ragazza del mio corso, si chiama Emma».

Non seppi spiegarmi il perché ma quella confessione non mi stupì affatto.

«Sono felice per te».

Finsi contentezza, dopotutto, non avrei dovuto esserne rattristata dato che ero stata io ad allontanarlo. Mi osservò intensamente, quasi fosse alla ricerca di una reazione diversa da quella che gli avevo riservato.

«Volevo lo sapessi da me».

«Ti ringrazio».

In quell'istante vidi la promessa fatta ad Ariane dissolversi come fumo al vento, per non parlare dei commenti che mi avrebbero riservato Antonia e Alexandra; nonostante quella notizia non fosse da annoverare tra le più piacevoli, la perdita di Ari rappresentava una ferita ancora aperta e, al momento, ero troppo stanca per sobbarcarmi di altri pensieri.

Mi sarei buttata a capofitto nello studio, decisa a concludere l'anno e a laurearmi, poi avrei pensato al resto.

«Come stai?»

«Meglio di qualche mese fa».

Sollevai il volto quando mi sentii intrappolare in uno dei suoi caldi abbracci.

«Francis…» Mi strinse a sé, togliendomi il fiato.

«Mi manca…»

«Lo so».

«Mi manca tanto».

Affondò il mento nell'incavo del mio collo, provocandomi un brivido lungo la schiena.

«Io ci sono, Francis».

«Lo so».

Ripresi a camminare, ignorando le occhiate furtive che mi riservava, quando arrivammo sotto casa.

«Scusa per prima».

«Non dirlo nemmeno per scherzo».

Lo fissai intensamente, come lui era solito fare con me.

«Sarebbe bello laurearsi tutti assieme».

«Sarebbe bello».

Indietreggiai lentamente, scrutandolo seria.

«Insieme?»

«Insieme».

Proprio come avrebbe voluto Ariane.

***

Sentivo i tacchi riecheggiare per la strada mentre avanzavo verso l'università, ignorando gli sguardi incuriositi dei presenti, per lo più rivolti al mio svolazzante vestitino, preso per l'occasione. Camminavo imperterrita, ripensando alle lunghe notti insonni, alle folli corse in aula, agli esami impossibili, ai voti insperati e a quelli mancati, alle cocenti delusioni e alle rivincite inattese. Un percorso di quattro anni cosparso di alti e bassi, intenso e gratificante.

Sollevai la mano in cenno di saluto, lasciando ondeggiare le dita affusolate non appena scorsi Ale corrermi incontro.

«Dov'eri finita? Ci stavamo preoccupando».

Le sorrisi, notando quanto fosse bella; indossava un vestito in pizzo nero, una fascia biancastra all'altezza della vita e un paio di tacchi vertiginosi. «Che eleganza».

Scorsi Daniel venirmi incontro in abito blu, un

sorriso raggiante sulle labbra.

«Anche tu non sei niente male».

Il bambino robusto e impacciato di molti anni addietro aveva lasciato posto a un bellissimo giovane dai tratti signorili e dalle movenze delicate.

«Emozionati?»

«Tu?»

«Abbastanza».

«Non l'avremmo mai detto».

Assottigliai gli occhi, fulminando Luke e Thomas. «Spiritosi. Tutti e due».

Scoppiarono a ridere e io con loro.

«Non fate tanto gli sbruffoni, domani tocca a voi».

Scorsi Thomas passarsi una mano tra i capelli. «Non ricordarmelo, ti prego».

Trattenni uno sghignazzo pronunciato mentre gli andavo incontro, abbracciandolo, per poi fare lo stesso con l'onnipresente.

«Andrà benissimo».

«Lo spero. A proposito, Emma?»

Mi guardai attorno senza riuscire a vederla.

«Un contrattempo dell'ultimo momento, non credo riuscirà a venire».

«Allora la saluteremo domani».

Finsi un conforto non mio, ricevendo in risposta uno sguardo incerto.

«Francis, dobbiamo andare».

Alexandra mi si era avvicinata, lasciando proseguire i ragazzi.

«Lei non c'è?»

«Pare abbia avuto un contrattempo».

Mi scrutò con aria inquisitrice.

«Perché mi fissi in quel modo?»

«Voglio solo assicurarmi che tu stia bene».

Abbassai il mento, cingendole le spalle. «Non preoccuparti, sto bene, davvero».

La sentii poggiarsi alla mia guancia. «Mi tremano le gambe».

«Siamo in due».

Speravo con tutta me stessa che quel giorno potesse rimanere impresso nel mio cuore come uno dei più belli e gratificanti della mia vita. Sollevai lo sguardo al cielo, non potendo fare a meno di pensare ad Ariane e a quanto sarebbe stata felice di quel momento tanto atteso e desiderato, quando scorsi Antonia venirmi incontro.

«Siete uno splendore, ragazze».

«Anche tu».

«I vostri genitori?»

«In ritardo».

Portai una mano alle labbra, divertita ma neanche troppo, sorvolando sul tono sconsolato di Alexandra.

«I miei, invece, hanno avuto problemi col volo, non credo riusciranno a essere presenti». Avevo fatto spallucce, tentando di dissimulare l'imbarazzo e, soprattutto, il dispiacere.

«Sono certa che domani saranno qui a festeggiarti, tesoro».

«Già…»

Dopo un breve silenzio strinsi la mano ad Antonia, invitandola a precedermi.

«Arrivo subito».

«Sicura?»

«Sicura».

Sorrise, fissandomi attenta, per poi darmi le spalle e allontanarsi, quando avvertii le dita di Ale intrecciarsi alle mie.

«Vedi di respirare, per favore».

Era una bella giornata, il cielo limpido e cristallino, gli alberi rigogliosi.

«Anche tu, Ale».

«Comunque non mi è mai piaciuta».

Sgranai gli occhi, impreparata. «Come, scusa?»

«Emma».

«Cosa c'entra Emma, adesso?»

«Niente, è solo che non mi è mai piaciuta».

Sorrisi, abbassando lo sguardo.

«Andiamo?»

Rivolsi una rapida occhiata al piazzale alle mie spalle e ai lunghi viali alberati, oltrepassando l'immenso portone oltre il quale si sarebbe deciso uno dei capitoli più rappresentativi della mia esistenza.

«Andiamo».

***

Sentivo la toga avvolgere ogni parte del mio corpo per non parlare del tocco di laurea, perennemente in bilico sulla stretta testolina folta; sollevai il mento, imbattendomi negli occhi di Daniel e di Alexandra.

«A pieni voti!»

Risi incredula, tra le urla e gli schiamazzi dei presenti, quando incontrai gli sguardi di Thomas e Luke.

«Complimenti, ragazzi!»

La stanchezza e la tensione erano forti ma nulla in confronto alla gioia e alla soddisfazione del momento.

«Ariane sarebbe orgogliosa di voi».

Sentii gli occhi pizzicare ma ricacciai ogni tristezza: Ariane non avrebbe voluto, non quel giorno.

«Festeggiamo?»

Avanzavo fiera, col cuore in tumulto e un sorriso raggiante sulle labbra, quando mi trovai costretta ad arrestare il passo di fronte allo sguardo inquisitore di Sara Ferguson, anche lei in toga e cappello.

Ricordo di aver trattenuto il respiro nel vederla impugnare il tocco e regalarmi un inchino in segno di riconoscimento; scorsi del rammarico nei suoi occhi ma non seppi spiegarmi se fosse dovuto al punteggio ottenuto, non tra i più alti, o ad altro. Di una cosa però ero certa: contro ogni aspettativa la morte di Ari aveva turbato anche lei, l'intoccabile.

«Francis…»

La osservai allontanarsi, le spalle ingobbite e l'espressione seriosa, decisamente insolita per lei. Quella fu l'ultima volta che la vidi; ancora non potevo saperlo ma avrei avuto sue notizie solo un paio d'anni più tardi, quando sarebbe stata ritrovata senza vita nel suo attico di New York: una notizia difficile da dimenticare.

«Francis, tutto bene?» Luke mi scrutava incerto.

«Tutto bene».

Gli sorrisi quando qualcosa catturò la mia attenzione. «Non è possibile…» Sgranai gli occhi nello scorgere mia madre e mio padre ai piedi della scalinata, in compagnia dei genitori di Ariane. Nonostante il sole negli occhi e i tacchi vertiginosi, riuscii a scendere gli scalini spaventosamente ripidi, ritrovandomi tra le braccia dei miei ancor prima di rendermene conto.

«Piaciuta la sorpresa?»

«Da quanto siete qui?»

«Da poco prima che entrassi in aula».

«Grazie».

Non seppi dire altro se non quel grazie, riconoscente e sincero, felice di poterli avere accanto in un momento così significativo.

«Come avremmo potuto mancare, ne dubitavi?»

«Sei stata bravissima, tesoro».

Scostai una ciocca di capelli, sorridendo alla signora Wilson e al signor Carter.

«Ariane sarebbe fiera di te, Francis».

«Grazie, signora Wilson».

Mi misi in disparte, osservando i miei presentarsi ad Ale e ai ragazzi, nonché ad Antonia, assaporando quel clima di festa così gioioso, il primo dopo tanto tempo.

Nonostante la morte di Ariane avesse lasciato un segno profondo e indelebile, specialmente nei cuori della signora Wilson e del signor Carter, fu ammirevole notare come ognuno di noi, a proprio modo e con tempi diversi, si fosse impegnato – caparbio – ad andare avanti.

«Mamma...» Fui attratta dallo sguardo di mia madre, assorto come poche volte. «Tutto bene?»

«Hai un ammiratore?» Mi indicò Luke, non molto distante.

«È quello che le ho detto anch'io tempo addietro».

Trattenni un risolino isterico mentre supplicavo Antonia di non infierire.

«Siamo amici e lui è fidanzato».

«Sarà…»

La osservai farsi silenziosa. «Sicura vada tutto bene?»

«Non preoccuparti, non è niente».

«Ne parli come se l'avessi già visto».

Sorrise, regalandomi un bacio sulla guancia.

«Non credo, tesoro».

Confusa, non potevo fare a meno di domandarmi perché Luke avesse suscitato tanto interesse in mia madre.

«Vieni, Francis!»

«Non abbiamo tutto il giorno!»

Sorrisi nel lasciarmi trascinare da Alexandra, entusiasta all'idea di scattare una foto ricordo; mi cinse la vita e con lei Luke, alla mia sinistra in compagnia di Thomas, mentre Daniel era rimasto accanto ad Ale, sulla destra.

Quella fotografia mi avrebbe seguita in ogni dove, sempre e comunque, ricordandomi chi ero stata in quelle quattro mura di università.

«Pronti?»

Feci per mettermi in posa quando notai una farfalla sulla toga, all'altezza della vita, presa a sbattere le ali biancastre; sollevai il mento, un sorriso amaro sulle labbra.

«Ciao Ari».

***

Il giorno seguente toccò a Luke e Thomas e – non che avessi dubbi a riguardo – eccelsero per bravura, risultando i migliori del corso.

Avevo sorriso ininterrottamente, non potendo fare a meno di notare quanto fossero belli: gli occhi radiosi, il sorriso raggiante, la serenità di chi ha dato tutto.

Di quella giornata avrei ricordato gli abbracci dei ragazzi, i loro sguardi compiaciuti, i brindisi e l'atteggiamento riservato di Emma, lo stesso di quando l'avevo conosciuta.

Mi aveva scrutata silenziosa – occhi scuri, capelli sopra le spalle e un grazioso vestito color carta da zucchero – rivolgendomi occhiate fuggevoli e incerte, tanto da farmi sentire sotto esame.

Ricordo di aver trattenuto un gemito nel vederla avvinghiarsi all'onnipresente e fissarmi con aria di sfida; fortunatamente Luke era stato così cortese da scostarla e fulminarla con lo sguardo, provocandole un acceso rossore sulle gote.

«È ancora più simpatica di quanto ricordassi». Alexandra, che aveva assistito all'intero teatrino, mi si era avvicinata. «Hai programmi per questo pomeriggio?»

«Devo fare un salto in ospedale da Oliver e gli altri».

«Allora ci vediamo domani?»

«Certo, solita ora?»

«D'accordo».

Quando i festeggiamenti finirono rivolsi un flebile sorriso a Luke, defilandomi velocemente.

«Grazie ancora della bella giornata, ci vediamo presto».

«Francis!»

Una presa salda all'altezza del gomito, talmente travolgente da farmi capitolare tra le sue braccia.

«Luke!?»

«Stai già andando?»

«Devo recarmi in ospedale, Oliver e gli altri bambini mi stanno aspettando».

Mi scrutava titubante.

«Sei stato bravissimo ma credo di avertelo già detto».

«Come te, del resto».

Seguì uno dei nostri silenzi quando decisi di sollevarmi in punta di piedi e lasciargli un bacio sulla gota; inspirai nell'assaporarne il profumo agrodolce mentre chiusi gli occhi, aggrottando la fronte.

«Francis...» Poco importava dello sguardo dei presenti, specialmente di quello di Emma. «Cosa...?»

«Ci vediamo al mio ritorno». Ero ancora in punta di piedi, la mano incastonata sotto l'attaccatura dei capelli. «Devo tornare in Italia».

Quella frase sembrò allarmarlo. «È la terza volta in quattro mesi».

Tornai a terra, ristabilendo le distanze. «Così avrai modo di raccontarmi tutto di questa nuova Medical School».

Altro capitolo, altra avventura; Thomas e l'onnipresente avrebbero frequentato la tanto agognata scuola di medicina – inutile dire che avevano già superato il test di ammissione – mentre io, Ale e Daniel avremmo affrontato la specializzazione in Finanza, sempre a New York.

Non appena volsi lo sguardo altrove abbandonai ogni sorriso, incamminandomi verso l'ospedale con una serie di emozioni contrastanti nel cuore mentre pregavo Ariane di perdonarmi.

***

Sistemai una ciocca di capelli sfuggita alla simpatica cuffietta che mi ero ritrovata a indossare per l'occasione quando avvertii un paio di brividi lungo la schiena: il corpo nudo a contatto col camice verde – leggero all'inverosimile –, un ago – fin troppo lungo per i miei gusti – piantato nel braccio, diversi volti sconosciuti – tutti con guanti e mascherine all'ultimo grido – e un paio di occhi chiari – gli unici amici – a rassicurarmi dolci.

«Francis…»

Percepii le dita della dottoressa Evans solleticarmi la fronte.

«Tutto bene?»

Annuii, stanca.

«Dormi serena, ci vediamo tra un pochino».

Strinsi i pugni, rivedendo i volti di mia madre e di mio padre, belli e sorridenti, quelli di Ariane e Antonia, per poi soffermarmi su Ale e sui ragazzi; nell'istante in cui scorsi l'immagine di Luke iniziai a sentirmi frastornata, perdendo conoscenza.

Non che vi fosse tanto altro da fare ma mi decisi a chiudere gli occhi, cominciando a contare, convinta di non superare il tre; nonostante non fosse la prima volta, riuscivo ancora a innervosirmi.

«Ci siamo quasi».

Trattenni il fiato mentre i rumori e le voci intorno a me diventavano sempre più distanti.

«Uno…»

Ricordo di aver contato fino a due, poi più nulla.

13

Sfogliavo il libro di algebra lineare mentre cercavo di ignorare il dolore all'altezza della spalla, lasciando oscillare le dita della mano destra, indolenzite.

«Tutto bene, Francis?»

Sollevai il mento, ritrovandomi al centro di otto sguardi impensieriti.

«Perché?»

«Ti fa male il braccio?»

«Non molto, dev'essere uno stiramento».

La mia risposta parve non aver convinto Alexandra, non del tutto almeno, ma decise di desistere, proseguendo gli studi di econometria. Presi un respiro profondo nel contemplare Thomas, concentrato su un esercizio che sembrava averlo messo a dura prova, le spalle ingobbite di Daniel – il mento incastonato nel palmo della mano – le labbra corrucciate di Ale, torturate spasmodicamente in una danza senza fine e il leggero tamburellare della matita di Luke contro il ginocchio.

«Come sta Emma?»

Mi trattenni dal ridere, rivolgendo un'occhiata interrogativa ad Alexandra; non perdeva mai occasione di chiedere di lei, quasi si divertisse a stuzzicare Luke.

«Bene».

Portai l'attenzione sull'onnipresente che in tutta risposta aveva assunto un tono di voce distaccato – insolito per lui – deciso a troncare la conversazione, per non parlare degli sguardi che riservò a Daniel.

Si erano scrutati velocemente, quasi fossero a conoscenza di qualcosa di cui non erano intenzionati a parlare; Thomas, d'altro canto, si era limitato a sollevare il mento per poi tornare sui libri, fintamente disinteressato e altrettanto consapevole.

Ricordo di essermi specchiata negli occhi di Luke interrogandolo con lo sguardo, quasi a volermi assicurare che non stesse nascondendo qualcosa, ma non ottenni altro che uno dei suoi dolci sorrisi; sbuffai, lasciandomi ricadere sui gomiti, conscia che avrei dovuto impegnarmi ben più seriamente per strappargli una confessione.

«Speriamo di rivederla presto, allora».

In quel momento dovetti fare appello a tutto l'autocontrollo di cui ero capace per non prorompere in uno sghignazzo indelicato; più il tempo passava e più mi rendevo conto di quanto Alexandra somigliasse ad Ariane. Ne aveva ereditato la spavalderia, la sfacciataggine, l'ironia e il dolce sarcasmo rendendola imprevedibile; nessuno ebbe il coraggio di replicare, specialmente Luke che sembrò incassare il colpo con finta indifferenza.

«Proseguiamo?»

Seppur nolente, tornai a fare i conti con la matematica quando una chiamata inaspettata mi distolse nuovamente dagli studi.

«Francis?»

«Diana, tutto bene?»

«Ho bisogno che tu mi raggiunga in ospedale, riguarda Harry ma non preoccuparti, ora sta meglio».

Seguì un breve ma intenso silenzio, tale da smorzarmi il fiato.

«Ha chiesto di te».

«Arrivo subito».

Afferrai la borsa, rigettandovi libri e appunti sotto gli sguardi impensieriti dei ragazzi.

«È successo qualcosa?»

«Si tratta di Harry, si è sentito poco bene».

Alexandra fece per alzarsi ma venne fermata da Luke. «Vado io Ale, non preoccuparti».

«Ma…»

«Domani hai l'esame di econometria, giusto?»

La vidi interrogarmi con lo sguardo.

«Stai tranquilla Ale, ci vediamo per l'ora di cena».

«Fammi sapere».

«Promesso».

Rivolsi un'occhiata a Luke, ringraziandolo silenziosamente.

«Andiamo?»

«Dopo di te».

Camminavo con passo spedito, stando attenta a non far trapelare alcuna emozione nonostante mi sentissi morire.

«Sono sicuro che non è niente».

L'ultima volta che avevo sentito quella frase avevo perso la mia migliore amica; la verità era che avevo il terrore di rivivere quello che era accaduto con Ariane e io, semplicemente, non ero pronta, ammesso vi fosse un momento per esserlo.

Avanzai imperterrita nell'oltrepassare l'ingresso ospedaliero, spalancando le braccia non appena scorsi Diana venirmi incontro.

«Cos'è successo?»

«Ha avuto una crisi ma ora è passata».

Espirai profondamente, rilasciando quanto trattenuto fino a quel momento mentre poggiavo le mani sui fianchi, ingobbendo la schiena.

«Sembrava stesse meglio».

La osservai massaggiarsi le tempie. «Ha in corso un principio di polmonite».

Scorsi Luke avvicinarmisi.

«Hai detto polmonite?»

«Già».

Trattenni il fiato, fissando entrambi.

«C'è qualcosa che dovrei sapere?»

Non mi piacevano quei silenzi lunghi e incerti, non lasciavano presagire nulla di buono.

«Nelle ultime settimane sono stati riscontrati diversi casi di polmonite».

«E…?»

«Per la maggior parte si tratta di un ceppo sconosciuto, ben più aggressivo e con un indice di mortalità superiore alla media».

«Solo qui da noi, a New York?»

«Pare siano stati rilevati casi similari anche negli altri Stati».

«C'è da preoccuparsi?»

Avvertii le dita di Luke circondarmi le spalle.

«È ancora presto per dirlo».

Sperai aggiungesse qualche rassicurazione che, tuttavia, non arrivò; nemmeno Diana sembrò intenzionata a dare false speranze, preferendo di gran lunga appellarsi al silenzio.

«Posso vedere Harry?»

«Certo ma non stancarmelo, d'accordo?»

Superai Luke, intenerita nel vedere Emma e Oliver dormire beati, per poi sedermi sul bordo del lettino dove giaceva Harry.

«Ehi». Gli solleticai la fronte magra e scarna.

«Sei arrivata».

«Diana mi ha detto che non ti sei sentito molto bene».

«Ora va meglio»

«Sono contenta». Gli rimboccai le coperte, quasi a volermi assicurare che non prendesse freddo.

«Come va con quel tuo amico?»

«Intendi Luke? Bene».

«Non sei brava a mentire».

Mi abbandonai a un sorriso, scuotendo il capo. «E perché mai, sentiamo?»

«Sei triste quando ne parli».

«È complicato, Harry».

«Voi grandi siete sempre complicati».

Abbassai il mento, divertita da quell'affermazione tanto veritiera. «Hai ragione».

«Lo so».

Portai una mano alla bocca, trattenendomi dal ridere quando lo vidi scrutarmi serio.

«Mi piace molto, Luke».

Presi un respiro profondo mentre mi sporgevo in avanti, solleticandogli il naso.

«Davvero?»

«Già».

Mi allontanai solo dopo averlo visto addormentarsi, un'espressione rilassata in volto, sussurrandogli l'inconfessabile. «Anche a me».

***

Spalancai la porta di casa, stanca, poggiando la borsa sulla mensola con una lentezza da far invidia a un bradipo.

«Ale?»

Avevo appena oltrepassato il corridoio quando mi ritrovai tra le braccia della mia cara compagna di corso.

«Come sta?»

«Meglio».

«Grazie al cielo».

Nel mentre avevo abbassato lo sguardo – assorta – ripensando alle parole dell'onnipresente e di Diana.

«C'è dell'altro, non è vero?»

Mi rivolsi ad Antonia, rimasta in disparte.

«Devo parlarvi».

Le feci sedere, pensando fosse di gran lunga più opportuno conversare di fronte a una tazza di tè; quando spiegai loro quanto avevo appreso le osservai incupirsi.

«Se così fosse...»

«È ancora presto per saltare a conclusioni affrettate ma sottovalutare il problema sarebbe da incoscienti».

Antonia si era lasciata cadere contro lo schienale, pensierosa.

«Al momento possiamo solo sperare che la situazione non vada peggiorando».

«La notizia ha già cominciato a trapelare anche se in misura poco rilevante».

«Probabilmente per non creare panico o allarmismi».

Cercai di trovare le parole più appropriate. «Antonia…» In quel momento mi sentii piuttosto osservata. «Sarebbe meglio se rimanessi in casa il più possibile, almeno per questo periodo».

Ale aveva abbassato lo sguardo.

«Diana e Luke sono stati dello stesso avviso».

«…»

«Sarà solo per un periodo e, ad ogni modo, è meglio essere prudenti, non trovi?»

«…»

Mi sporsi in avanti, prendendole la mano. «Antonia?»

«D'accordo».

«Grazie…»

«Solo perché me lo hanno chiesto Diana e Luke».

Abbassai il mento, rincuorata si fosse convinta più facilmente del previsto; avevo temuto di dover combattere contro la sua cocciutaggine, un'impresa ardua.

«Qualcuno vuole dei biscotti?»

Sorrisi nello scorgere Antonia scomparire oltre la soglia della cucina quando notai Alexandra fissarmi seria, profondamente impensierita, le labbra serrate e la fronte aggrottata, lasciando parlare per noi quel silenzio così sinistro.

***

Camminavo con passo spedito, la borsa della spesa tra le mani, il cappotto poco sopra il ginocchio, un paio di stivaletti neri e un simpatico cappellino alla francese; mi guardai attorno, notando quanto le strade fossero spaventosamente deserte. Quei pochi passanti che mi capitava di incontrare mi scrutavano guardinghi, nascondendosi dietro le mascherine ospedaliere divenute d'uso obbligatorio per via di quella che – nelle ultime settimane – era stata ufficialmente definita un'epidemia, una vera e propria emergenza sanitaria.

Salii i gradini della scalinata, precipitandomi in casa e scaraventando quanto avevo tra le mani sul primo tavolino utile mentre rivolgevo un'occhiata ad Ale, seduta sul bracciolo del sofà davanti alla televisione.

«Ehi...»

Mi avvicinai lentamente, fissando lo schermo.

«Antonia?»

«Sta bene, sono passata a farle visita poco prima che arrivassi».

«Buone notizie?» chiesi, indicando la tv.

«I ricoveri continuano ad aumentare».

«E...»

«Anche i decessi».

Mi lasciai ricadere sul divano, profondamente impensierita.

«I ragazzi?»

«Ho sentito Daniel, sono rinchiusi in appartamento, come noi del resto».

Portai una mano al petto quando la vidi fissarmi con i suoi bellissimi occhi color pece.

«So già cosa vuoi dirmi, Ale».

«Ma…»

«La casa è abbastanza grande per due e tu non sei di nessun disturbo, a maggior ragione con quello che sta accadendo».

«Francis, ti prego…»

«Per quanto la tua sia una casa da sogno, rimani piuttosto lontana dal centro e al momento saresti sola».

La osservai corrucciare le labbra.

«I tuoi sono bloccati in Messico e non sappiamo quando potranno rientrare negli Stati Uniti perciò è molto meglio restare assieme».

«Despota».

«Suscettibile».

Sorrisi, scompigliandole i capelli con fare affettuoso, poi decisi di versarmi da bere.

Nelle ultime settimane le autorità – speranzose di poter mitigare i contagi – avevano imposto la momentanea chiusura di scuole, cinema, teatri e aeroporti ragion per cui mi trovavo letteralmente bloccata negli USA, al pari dei genitori di Alexandra in Messico.

Nonostante non fossimo ancora giunti a un punto di non ritorno, sempre più persone venivano ricoverate in ospedale e, tra queste, sempre meno parevano uscirne.

«Francis, tua madre al telefono!»

Raggiunsi Ale in un paio di falcate. «Mamma?»

«Ciao tesoro, come va oggi?»

«Nulla di nuovo, voi?»

«Abbastanza bene».

La sentii tentennare. «Vorrei fossi qui con noi».

Abbassai lo sguardo, un sorriso tirato sulle

labbra. «Andrà tutto bene, dobbiamo solo avere pazienza».

«Tienimi aggiornata, d'accordo?»

Schiarii la voce, massaggiandomi le tempie. «Ti richiamo questa sera con più calma, d'accordo? Saluta papà».

Nonostante fosse oltreoceano e non potessi vederla, ero convinta che avesse sorriso.

«Promesso».

«A più tardi».

A telefonata conclusa mi lasciai ricadere sul sofà, fissando il soffitto.

«Si risolverà».

«Lo spero, Ale».

Chiusi gli occhi, convinta di trovarmi in un incubo, inquietante e temibile, di quelli che – talvolta – si divertivano ad arricchirmi le nottate.

Per molte lune a venire pregai di addormentarmi e di svegliarmi da quella situazione così surreale.

Non mi svegliai.

***

Sessanta giorni, nove ore, trenta minuti e quindici secondi.

Dopo un paio di mesi nulla era mutato, al contrario: sempre più ricoveri, sempre più decessi. Giovani e meno giovani cadevano come foglie al vento e io non potevo fare altro che fungere da spettatrice, pregando di non essere la prossima.

Reclinai il capo contro la finestra lì vicino, non potendo fare a meno di pensare a Luke, Thomas e a tanti altri studenti di Medicina che avevano deciso, nelle ultime settimane, di offrirsi volontari per dare supporto al personale qualificato nella gestione dell'emergenza sanitaria.

Sorseggiai la cioccolata che tenevo tra le mani quando avvertii qualcosa vibrare; non mi ci volle molto per avvicinarmi al tavolo e impugnare lo smartphone.

«Luke...»

Non vi era più traccia del volto angelico che ricordavo, dei tratti signorili e fanciulleschi che l'avevano da sempre reso irresistibile.

Aveva gli occhi stanchi, per non parlare dei profondi solchi rossastri causati da un continuo uso di visiere e mascherine che erano andate a piagare quella pelle un tempo così perfetta, soffice e liscia; le labbra avevano perso morbidezza e consistenza, facendosi sottili e screpolate.

«Ehi...»

Nonostante quel viso non fosse più tanto radioso, Luke rimaneva comunque bellissimo, dannatamente bellissimo.

«Ti ho svegliata?»

Sorrisi appena, abbracciandomi i fianchi. «Ero già in piedi, stavo facendo colazione».

«Cosa mangi di buono?»

«Cioccolata calda».

«Così mi fai soffrire, Francis».

Nonostante la situazione non fosse delle più rosee, grazie a lui riuscivo ancora a ridere.

«Come stai?»

«Stanco ma tutto sommato bene».

«Thomas?

«Si difende. Ha appena iniziato il turno, mi ha chiesto di salutarvi».

«Ricambia».

«Promesso».

Aggrottai la fronte nel vederlo guardare oltre le mie spalle.

«Ale?»

«Sta dormendo».

«Salutamela».

«Promesso».

«Qualcuno si diverte a copiarmi le battute».

Assunsi un'espressione fintamente sorpresa. «Ma davvero?»

«Già».

Mi stavo nascondendo dietro a finti sorrisi e frasi di cortesia solo per non far trapelare alcun timore; avevo paura, paura che gli potesse succedere qualcosa, a lui come a Thomas. Egoisticamente avrei voluto dirgli di andarsene, di tornare a casa, ma sapevo fin troppo bene che non mi avrebbe dato ascolto.

«Francis...»

Sollevai il mento, fissandolo interrogativa; il mio silenzio doveva averlo preoccupato.

«Sei pallida».

«Sto bene...»

«Non devi fingere, non con me».

«Sono solo stanca».

Mi scrutò attento. «Non stai bene».

«Potrei dire lo stesso di te». Non volevo discutere, non con lui, non in quel momento. «Ti prego...» Chiusi gli occhi, portando una mano alla bocca quasi a impedirmi di dare di stomaco. «Ti prego, sta' attento».

Per un tempo che mi parve infinito nessuno dei due parlò più; rimasi in ascolto dei miei battiti, rapidi e scostanti, nonché del suo respiro corto e irregolare quando un leggero ticchettio catturò la mia attenzione.

Aveva iniziato a tamburellare le dita sullo schermo del telefono e qualcosa mi suggeriva che, se non lo avessi assecondato, avrebbe proseguito senza sosta, prendendomi per sfinimento.

«Ti chiamo appena possibile».

«Non preoccuparti, sono qui».

Gli regalai un sorriso tanto dolce quanto malinconico. «A presto».

«A presto, Francis».

Quell'incerto "a presto" suscitò in me la stessa inquietudine vissuta con Ariane.

«Tutto bene?»

Sobbalzai di fronte al visino assonnato di Alexandra, sulla soglia della cucina con gli occhi gonfi e i capelli scompigliati.

«Mi hai spaventata, da quanto sei lì?»

«Abbastanza».

Si avvicinò silenziosa, circondandomi le spalle.

«Sicura di star bene?»

In quel momento trattenni il fiato, limitandomi ad abbassare lo sguardo e a fissare il pavimento, una strana morsa all'altezza dello stomaco.

«Sì».

14

Ogni giorno era diventato uguale al precedente tra lezioni ed esami in video conferenza – un buon espediente universitario per non interrompere l'anno accademico – telegiornali a non finire e chiamate con amici e parenti.

In più di un'occasione mi ritrovai a pensare ad Ariane, al suo carattere allegro e talvolta infantile, al volto lentigginoso, al sorriso radioso e alla sua incontenibile voglia di vivere; anche in una situazione come quella attuale avrebbe fatto dell'ironia, diffondendo spensieratezza e positività. Perché lei – dolce e determinata – era l'ottimismo fatto a persona e a me mancava terribilmente; avevo nostalgia dei suoi consigli, delle sue battute – a volte pietose – dei suoi proverbi e della sua totale incapacità di nascondere le emozioni.

Abbassai lo sguardo, fissando il telefono riposto sul tavolo in legno accanto al computer; la buona notizia – la prima dopo tanti mesi – quella che tutti stavamo attendendo con tenacia e pazienza e che era giunta contro ogni previsione avrebbe dovuto rallegrarmi come poche volte. I ricoveri avevano finalmente dato i primi segni di declino, in un costante e progressivo rallentamento, così come il numero di vittime, infervorando speranze e aspettative; eppure, qualcosa nel profondo del mio animo mi impediva di assaporare e gioire, qualcosa di riconducibile a un paio di volti dagli sguardi furbi e dai sorrisi raggianti. Thomas e Luke erano soliti chiamare una volta a settimana e non avevano mai mancato un appuntamento, se così potevano definirsi le nostre videochiamate, fino a quel soleggiato giovedì di fine luglio. Mi lasciai scivolare in avanti, la testa tra le mani, le spalle curve e gli occhi socchiusi, iniziando a fantasticare sulla ragione di quel ritardo così inconsueto.

«Francis…»

Non mi ero accorta di essermi riversata sul tavolo.

«Ci sono novità?»

«Ancora no, Ale».

Mi sarei aspettata una rassicurazione o una frase di conforto che, tuttavia, non arrivò; evidentemente, anche lei preferiva appellarsi al silenzio anziché infondere false speranze.

«Provo a chiamare Daniel».

Nonostante facesse di tutto per mostrarsi imperturbabile, uno sguardo vigile e attento avrebbe colto la preoccupazione e la tensione sul suo volto.

Più volte mi ero ritrovata a pensare a quanto fossi fortunata ad averla accanto; avevo perso Ariane ma trovato un'amica di ugual valore e con lei Antonia, nonché un gruppo di ragazzi straordinari, gli stessi che ora tornavano ad affollare i miei pensieri.

Sollevai la schiena – stanca – quando sobbalzai al suono del telefono, più squillante di quanto ricordassi.

«Thomas!» Fu un urlo liberatorio, di pura gioia, tanto da spaventare Alexandra che – scalpitante

– mi si era precipitata accanto. Avrei giurato di poter toccare il cielo con le dita tanta era la contentezza ma dovetti ricredermi dinnanzi a quello sguardo così spento, sentendomi male; vidi ogni entusiasmo svanire nel nulla, portandomi a maledire la mia ingenuità. Quello non poteva essere Thomas, l'eterno fanciullo dal carattere allegro, capace di infiammare la più triste delle giornate. Il ragazzo che avevo davanti indossava una serietà che non gli era mai appartenuta e che mai mi sarei aspettata di vedere.

«Thomas…»

Ale si era sporta in avanti, una mano sul tavolo, l'altra intorno alla mia spalla.

«Che succede, Thomas?»

In quel momento avrei voluto andarmene, correre lontano da tutto e da tutti; non volevo sentire perché sapevo già quello che le sue labbra non trovavano il coraggio di dire e io non avrei potuto sopportarlo.

«Perché non avete chiamato prima?»

Ale fremeva impaziente, infastidita da tutto quel mistero che ai miei occhi non lo era poi così tanto.

«Thomas…» Portai lo sguardo sullo schermo. «Dov'è Luke?»

«Ha iniziato a sentirsi poco bene, qualche giorno fa».

In quell'istante pregai di sbagliarmi.

«Mi ha chiesto di non dire nulla, soprattutto a te Francis, a meno che…»

«A meno che?»

«A meno che non fosse peggiorato».

Sentivo il cuore esplodermi in petto e un'incontenibile voglia di piangere tanto da non essermi accorta di Alexandra che – nel mentre – aveva sbattuto le mani sul tavolo.

«Stiamo parlando di un ragazzo di venticinque anni e in piena salute!»

«No Ale…» Thomas l'aveva detto con un'arrendevolezza tale da lasciarla senza parole, le labbra tremule e gli occhi lucidi. «Siamo tutti a rischio, giovani e meno giovani, nessuno escluso».

«Quanto peggiorato?» Ricorsi a una freddezza di cui non mi sarei mai creduta capace; avevo la vista annebbiata e la schiena scossa dai singhiozzi. «Quanto, Thomas?»

«È in terapia intensiva».

Fu come ricevere uno schiaffo in pieno volto, una vera e propria doccia fredda.

«In terapia…»

Alexandra si era lasciata cadere sulla sedia accanto.

«In terapia intensiva?»

«È peggiorato tutto a un tratto, non…»

Strinsi i pugni, rallentando i respiri. «E adesso?»

«Adesso possiamo solo aspettare».

Per la seconda volta dopo molto tempo mi sentii morire, proprio come quando avevo perso Ariane. «Tu come stai, Thomas?»

«Non preoccuparti per me, Francis».

Presi un respiro profondo, asciugandomi le guance. «Vedi di non fare scherzi».

«…»

Restammo incollati allo schermo per qualche minuto, in silenzio, senza aggiungere altro; avevamo parlato abbastanza.

«Tienici aggiornate, per favore».

Riuscivo a sentire gli occhi di Alexandra su di me.

«Vi chiamo presto».

Gli sorrisi forzatamente, salutandolo, per poi dare libero sfogo a quanto trattenuto.

«Francis...» Ale non ebbe il coraggio di dirmi che sarebbe andato tutto bene e, in cuor mio, pregai non lo facesse.

«Non...» Presi la testa tra le mani. «Non anche lui».

Prima Ariane, adesso Luke.

Non poteva succedere di nuovo. Non poteva.

***

Nel momento in cui vidi la figura di Antonia fare capolino da dietro la porta il mio cuore perse un battito; la vista iniziò a farsi sempre più annebbiata, specialmente quando sentii il tocco gentile della sua mano.

«Francis...» Mi si era inginocchiata accanto, preoccupata.

In tutta risposta avevo abbassato lo sguardo, incapace di sostenerlo oltre, le labbra tremule, il respiro affannoso. Riuscii a pronunciare una parola, una soltanto. «Luke».

***

Erano trascorse tre settimane da quella funesta videochiamata e di Luke nessuna notizia confortante ma nemmeno angosciosa; nessuna novità tale da far palpitare il mio cuore.

Fissavo in stato catatonico un punto indefinito oltre la finestra, le ginocchia al petto, i capelli raccolti, la canotta in pizzo a solleticarmi la pelle candida e liscia, gli occhi rossi e prosciugati, incapaci di versare altre lacrime. A tormentarmi più di ogni altro pensiero era non potergli stare accanto, stringergli la mano e fargli sentire la mia vicinanza; avrei tanto voluto baciargli la fronte, scendere lungo le linee sinuose del suo volto fino alle guance purpuree, fino alle labbra soffici e carnose.

Nonostante la voglia incontenibile di scappare e correre da lui, sapevo che non vi era altra scelta se non quella di aspettare. Tutti i pazienti venivano isolati anche dai familiari più stretti, così da ridurre ogni possibilità di contagio.

Chiusi gli occhi, rivolgendo i miei pensieri a chi in quella guerra – perché lo era – aveva perso amici e parenti, a chi – dopo averli visti varcare la soglia ospedaliera – non aveva potuto salutarli oltre.

Non mi restava altro che pregare, attendere e avere fiducia in Luke, nel suo spirito combattivo e indomito, nel suo fisico atletico e nella sua voglia di vivere, sperando fosse abbastanza.

«Devi mangiare qualcosa o finirai per ammalarti». Antonia si preoccupava sempre troppo, al pari di mia madre.

«Sto bene…» Amavo questa risposta, era piuttosto sbrigativa e soprattutto – nella maggior parte dei casi – smorzava i toni altrui.

«Ariane non vorrebbe vederti così e nemmeno Luke».

Nonostante avesse ragione, ero stanca di mostrarmi forte e indistruttibile, caparbia e tenace; per una volta desideravo lasciarmi andare e sfogare tutta la rabbia, la tristezza e la disperazione che avevo in corpo senza dovermi curare di un giudizio che non fosse il mio. Non avevo voglia di rassicurare con finti sorrisi o futili frasi di circostanza, non in quell'occasione; la morte di Ariane era stata una pugnalata al petto, la possibilità di perdere anche Luke un altro schiaffo in pieno volto.

«Dunque ne sei innamorata».

Il tempo parve fermarsi; quella sentenza – una provocazione – pronunciata con tanta sicurezza e disinvoltura mi colpì dritta al cuore e – per la prima volta dopo anni – riuscii finalmente a essere sincera con me stessa. «Sì».

Non tenterò di descrivere lo stupore di Antonia, né quello di Alexandra; avevo trascorso così tanto tempo a ingannare me stessa e gli altri da non riuscire a credere di averlo ammesso.

«Perché Francis?» Antonia mi guardava spaesata, incapace di comprendere il mio comportamento. «Se ne sei innamorata, perché…?»

In quel momento sentii di trovarmi di fronte a un bivio: potevo continuare a mentire oppure scoprire le carte in tavola dopo anni di menzogne e bugie, di finti sorrisi e false rassicurazioni.

Ariane aveva ragione, come sempre; non avrei mai potuto giudicarla per avermi nascosto la verità, non avrei mai potuto rimproverarla per qualcosa che avevo fatto anch'io.

«Non c'è mai stato alcun ginocchio».

Scorsi Antonia e Alexandra irrigidirsi e fissarmi serie.

«Quattro operazioni in cinque anni – l'ultima meno di sei mesi fa – e sempre per la stessa ragione». Avevo abbassato il volto, concentrando l'attenzione sulle dita della mano destra come se avessero improvvisamente assunto qualche peculiarità interessante.

«Ma...» Alexandra mi guardava spaventata. «Avevi detto che era solo un controllo».

Portai una mano alla bocca, incapace di trovare le parole giuste. «Fibroadenoma al seno, a quanto pare sono recidiva». Finalmente l'avevo detto, forse in maniera un po' brutale ma almeno, per la prima volta dopo tanto tempo, ero stata sincera. «Sono in cura da prima di trasferirmi a New York e devo sottopormi a continui controlli semestrali».

«Ma...»

«Per questo ho sempre preferito vivere alla giornata e non avere legami, pensavo fosse la soluzione migliore». Sollevai lo sguardo, incontrando gli sguardi allibiti di Antonia e di Alexandra. «Ecco la ragione per la quale non ho mai voluto che Luke si interessasse a me». Sentivo la vista annebbiarsi, di nuovo. «Non posso promettergli nulla e se mai, un giorno, dovessi arrivare a un punto di non ritorno, non voglio debba affrontare...» Mi ero interrotta bruscamente nel ricordare il volto sofferente della mia migliore amica. «Quello che abbiamo vissuto con Ariane».

In quel momento mi sentii leggera, libera da un peso sopportato troppo a lungo; niente più bugie, niente più menzogne, segreti o scuse inverosimili.

«Francis...»

«Ariane aveva intuito qualcosa...»

Scossi il volto nel ricordare lo sguardo della mia migliore amica in un triste letto d'ospedale mentre tentava di estorcermi una confessione che non avrebbe mai ottenuto; era sempre stata oltre, imprevedibile persino per me, nonostante la conoscessi da anni.

«Aveva cercato di farmi parlare ma invano».

Seguì una quiete surreale in cui vidi Antonia sedermisi accanto.

«Francis...»

Non risposi, restando in ascolto. «Devi parlare con Luke».

«No».

«Luke si riprenderà e alla prima occasione gli dirai la verità. Ha diritto di sapere, non puoi escluderlo e decidere per lui».

«È meglio così». Iniziai a scuotere la testa quando mi sentii afferrare per le spalle.

«Credi di proteggerlo ma non è così. Non puoi impedirgli di preoccuparsi, di star male o di soffrire, è la vita».

«Ma posso impedirgli di soffrire con me».

Mi asciugai le guance, lo sguardo a terra.

«Non so cosa mi riserverà il futuro, ho promesso ad Ariane di vivere al massimo delle mie possibilità, dei miei limiti ed è quello che farò ma non coinvolgerò Luke. Si tratta di un mio problema, mio e di nessun altro». Mi alzai di scatto. «Ho vissuto gli ultimi anni con l'angoscia, la paura di dover affrontare qualcosa di infinitamente più grande di me. Ogni volta era come ricominciare daccapo, mi sentivo morire e pregavo, pregavo andasse tutto bene, supplicando Dio di concedermi tempo, quello che Ariane non ha avuto». Chiusi gli occhi, poggiandomi alla sedia lì vicino. «Sono stanca…» Avevo le labbra tremule, faticavo a parlare. «Sono tanto stanca…»

Feci per sollevare lo sguardo quando mi sentii travolgere da Alexandra, paonazza dalle lacrime. «Luke si riprenderà».

Mai come in quel momento sperai avesse ragione.

«Nel frattempo vedi di non fare scherzi, chiaro?»

Despota, suscettibile e rompiscatole; più i giorni passavano e più somigliava ad Ari ma questo lo sapevo già.

«Poi affronteremo il resto».

Rallentai i respiri, stringendola a me e, con lei, Antonia.

«Insieme».

***

Trenta giorni, dieci ore, quaranta minuti, otto secondi.

Le dita scorrevano rapide e veloci, dando vita a suoni profondi e malinconici; alternavo lo sguardo tra il pianoforte e la finestra della mia camera da letto, lasciandomi cullare dalla tiepida brezza estiva di fine agosto mentre ripercorrevo con la mente il mio arrivo a New York, le lezioni universitarie, le serate con gli amici e con Antonia, la morte di Ariane e la laurea, tutti momenti che avrei serbato nel profondo del mio animo fino all'ultimo respiro.

Al calar della melodia concentrai l'attenzione su una serie di passi strascicati e frettolosi; il pavimento scricchiolò in un fastidioso stridio quando vidi Alexandra fare capolino da dietro la porta, ansimante.

Mi scrutò senza dire nulla, lasciando fossero i suoi occhi a parlare per lei, e io – mai come allora – ringraziai Dio di avermi ascoltata.

Dopo trenta giorni, dieci ore, quarantadue minuti e dieci secondi Luke usciva dalla terapia intensiva.

15

Avevo immaginato molte volte come sarebbe stato rivedere l'onnipresente dopo quelle lunghe settimane di agonia senza, tuttavia, riuscire a giungere a una conclusione; da una parte fremevo di impazienza mentre dall'altra temevo di tradirmi di fronte al suo sguardo dolce e disarmante.

Nonostante Alexandra e Antonia avessero fatto di tutto per convincermi a parlargli apertamente, rimanevo dell'idea che la soluzione migliore fosse quella di proseguire ognuno per la propria strada, senza ulteriori complicazioni, e la presenza di Emma era una ragione in più per farlo.

Ariane non ne sarebbe stata felice ma non vedevo altra via d'uscita e andava bene così; sapere Luke vivo era un dono dal cielo, potergli stare accanto come amica era molto più di quanto potessi chiedere.

Camminavo sulla via di casa, incrociando gli sguardi dei passanti colmi di speranza e pensando come New York, al pari di tante altre città, stesse lentamente tornando alla vita, segnando la fine di un incubo sofferto e durato troppo a lungo, quando scorsi una figura familiare venirmi incontro. «Daniel!» Gli gettai le braccia al collo, come da bambini. «Ti sei fatto crescere la barba?» Rimasi alquanto colpita da quell'improvviso cambio di stile. «Vorrei poter dire che ti dona ma sarebbe una menzogna. Ti invecchia, non credo che Ale ne sarà contenta».

In quell'istante mi resi conto del suo silenzio inconsueto; non aveva ancora aperto bocca.

«Daniel...»

Fu allora che capii. «Hai parlato con Ale».

«...»

Mi allontanai, divincolandomi da quella presa forte e salda. «Dunque sai tutto». Immaginavo che Alexandra non sarebbe riuscita a mentirgli a lungo ma non mi sarei mai aspettata di doverlo affrontare tanto presto.

«Perché non mi hai detto nulla?» Mi fissava imperturbabile. «Pensavo di essere il tuo migliore amico».

«Non potevo e lo sai».

Lo vidi abbassare lo sguardo, i muscoli del volto contratti in una smorfia.

«Al mio posto avresti fatto lo stesso».

«Ora come stai?» Aveva paura, i suoi occhi parlavano per lui.

«Bene».

«È la verità?»

«Avrebbe senso mentirti ora?»

Mi scrutò intensamente, la prima volta in tanti anni. «Quindi stai bene?»

«Sì». Schiarii la voce, più rauca del consueto. «Finché dura».

«Non è divertente, Francis».

«Volevi la verità».

«Cosa dirai a Luke?»

Lo trafissi con lo sguardo, risoluta.

«Niente».

«Francis...»

«Ti prego...» Presi un respiro profondo, un

sorriso amaro sulle labbra. «Promettimi che non gli dirai nulla».

Lo vidi volgere gli occhi al cielo. «Non puoi chiedermelo».

«Non deve sapere, Daniel».

«Non posso mentirgli, non su questo».

Sentii il cuore accelerare e il respiro farsi sempre più affannoso.

«Per favore…»

«Non me lo perdonerebbe mai, Francis».

«Promettimelo».

Mi fissò per un tempo infinito quando pronunciò quanto avevo atteso a lungo. «D'accordo».

Abbassai il mento, abbandonandomi a un sospiro di sollievo mentre tornavo a poggiarmi contro la sua spalla. «Grazie».

***

Non appena Luke venne dimesso dovettero trascorrere altre due settimane prima di potergli fare visita, ordini del medico; decidemmo perciò di organizzare una rimpatriata a Loeb Boathouse, improvvisando un picnic in riva al lago.

«Dovrebbe essere tutto pronto».

Mi avvicinai ad Alexandra. «Sono certa che Luke apprezzerà la tua formidabile cucina, come sempre».

«Vorrei ben vedere».

«Modesta».

«Tu stai bene?»

Da quando le avevo raccontato la realtà dei fatti aveva iniziato a tartassarmi di domande, tutti i giorni, chiedendomi come mi sentissi e se avessi bisogno di qualcosa; tanta premura non poteva che farmi piacere ma l'ultima cosa che desideravo era impensierirla ulteriormente.

«Non devi preoccuparti Ale, te l'ho già detto».

«…»

«Stanno arrivando!»

Vidi Daniel avvicinarsi, felice per quella rimpatriata attesa a lungo.

«Sei ancora convinta di non dirgli nulla?»

Ale aveva smesso di respirare, fissandomi supplice.

«Pensaci bene».

«Mai stata più sicura». Sorrisi di fronte ai loro volti contrariati, consapevole che avrebbero voluto sentirsi dire tutt'altro.

«Francis, il telefono».

Ero talmente assorta da non essermi accorta della suoneria; qualcuno fremeva dalla voglia di parlarmi e sembrava intenzionato a non voler demordere fino a quando non avessi risposto.

«Scusatemi…» Rivolsi un'occhiata furtiva ad Alexandra. «Se dovessero arrivare iniziate a fare gli onori di casa anche per me, torno subito».

«Sicura vada tutto bene?»

«Sicura, vi raggiungo presto». Impugnai il telefono solo dopo essermi allontanata abbastanza da non essere ascoltata da orecchie indiscrete. «Dottoressa Evans?»

«Ciao Francis, ti disturbo?»

Fui tentata a rispondere affermativamente ma decisi di far prevalere le buone maniere e il buon senso. «Nessun problema, mi dica». Chiusi gli occhi, pregando non mi rovinasse la giornata.

«Non volevo allarmarti, era solo per ricordarti l'appuntamento di settimana prossima. Pensi di riuscire a venire o preferisci posticipare di qualche giorno?»

Mi ero completamente dimenticata della visita, convinta fosse il mese successivo. «La settimana prossima va benissimo. Hanno riaperto gli aeroporti per cui non credo ci siano problemi».

«Sicura?»

«Sicura».

«Bene, allora ci vediamo tra una settimana».

«D'accordo».

«A presto, Francis».

Presi un respiro profondo non appena chiusi la telefonata, lasciando oscillare le dita della mano destra mentre mi sforzavo di ignorare il dolore che, da qualche giorno, aveva ripreso a infastidirmi.

«Aspettiamo solo lei, signorina Johnson. Sarebbe così cortese da degnarci della sua presenza?»

Mi voltai lentamente, incerta.

«Ti ho spaventata?»

«Un po'».

Luke mi osservava lieto, le mani in tasca e un sorriso dolce in volto; nonostante si sforzasse di celarlo, era ancora sofferente.

Avevo aspettato così tanto per rivederlo da non riuscire a credere fosse lì davanti a me, in attesa di un qualunque mio cenno.

«Sai che mi piacciono le entrate trionfali».

Il sollievo iniziale aveva lasciato posto a una irrefrenabile voglia di urlargli contro. «Ho avuto paura che…»

«Lo so, mi dispiace».

«Già». Abbassai il mento, calciando qualche foglia.

«Hai intenzione di tenermi il broncio per tutto il tempo?»

«Devo ancora decidere». Avevo gli occhi arrossati, sentivo le palpebre pizzicare e la gola ardere. «Come ti senti?»

«Ora bene». Lo vidi avvicinarsi. «Per l'inizio del primo semestre sarò come nuovo».

Feci qualche passo nella sua direzione, le mani in tasca. «In questo momento vorrei strozzarti, lo sai?»

Luke non rispose, non subito almeno, fermandomisi di fronte. «È un modo per dirmi che sei contenta di rivedermi?»

«Forse».

Mi scrutò silenzioso per poi affondare il mento nell'incavo del mio collo, facendomi reclinare il capo all'indietro; dovetti soffocare dei gemiti indiscreti nel sentire il suo respiro contro la pelle nuda.

«Non piangere, ti prego…»

Chiusi gli occhi, un sorriso amaro sulle labbra. «Non montarti la testa, Luke».

Nonostante non potessi vederlo in volto, lo sentii trattenersi dal prorompere in uno sghignazzo.

«Francis…»

«…»

Per quanto desiderassi rimanere tra le sue braccia, sapevo che avrei dovuto darmi un freno o avrei fatto qualche stupidaggine.

«Credo sia meglio andare».

«…»

«Gli altri ci stanno aspettando». Si scostò per potermi guardare negli occhi, asciugandomi le guance. «Quindi non stavi piangendo?»

«No».

«Ma davvero?»

Si divertiva a punzecchiarmi, sfrontato.

«Mi è entrata della polvere».

«Polvere?»

«Già». Gli sorrisi con finta indifferenza, dandogli le spalle. «Andiamo?»

«Agli ordini, capo».

Mi raggiunse in un paio di falcate quando una voce squillante catturò la mia attenzione.

«Ma dove eravate finiti?»

«Da nessuna parte».

Mi fiondai nelle braccia di Thomas, regalandogli un pugno sulla spalla non appena lo vidi scompigliarmi la frangia con fare affettuoso.

«Iniziamo?»

Ci sedemmo in riva al lago, parlando ininterrottamente quasi a consumare l'aria tanto era il tempo da recuperare; in più di un'occasione scoprii Luke scrutarmi di nascosto. Pregai solo non si accorgesse dello sforzo immane che stavo sopportando per nascondere il dolore, martellante come poche volte.

«Hai sentito Emma?»

Con mia grande sorpresa questa volta fu Daniel a parlare; vidi Luke fulminarlo con lo sguardo.

«Sta bene, vi saluta».

«Ricambia da parte nostra».

Ogni volta che qualcuno chiedeva di Emma

Luke cambiava atteggiamento, facendosi suscettibile, e proprio non riuscivo a capirne il motivo; iniziai a fissarlo con insistenza ma, quando i suoi occhi incrociarono i miei, si limitò ad abbassare lo sguardo, troncando ogni confronto.

Fu solo al calar della sera che ci incamminammo verso casa e, mai come allora, rimasi colpita dall'insistenza con cui l'onnipresente disse di volermi accompagnare; che Luke fosse sempre stato premuroso nei miei confronti non era una novità ma avevo la sensazione che volesse parlarmi in privato, lontano da occhi indiscreti.

Camminavamo uno accanto all'altra, immersi in una quiete surreale.

«Ti fa male?» L'aveva chiesto senza preavviso, spiazzandomi.

«Scusa?»

«La mano».

Avrei dovuto immaginarlo, dopotutto stavamo parlando di Luke.

«Non è nulla».

«Non si direbbe».

«Passerà».

«Da quanto ti fa male?»

Non doveva preoccuparsi e io pregai di essere sufficientemente abile a convincerlo.

«Un paio di giorni». Lo superai con finta indifferenza quando mi sentii afferrare per il polso.

«È la verità?»

Quella domanda mi colpì dritta al cuore, una pugnalata nello stomaco; rividi i volti di Alexandra, Antonia e Daniel mentre mi supplicavano di raccontargli la realtà dei fatti ma, mai come allora, rimasi ferma nella convinzione di doverlo tenere all'oscuro.

«Avrei motivo di mentirti?»

Mi fissò serio, allentando la presa.

«Ti preoccupi troppo, Luke». Lasciai penzolare i polsi lungo i fianchi, confessandogli l'ultimo dei miei pensieri. «Emma è una ragazza fortunata».

Nessuna frase avrebbe potuto essere più veritiera; nonostante mi sentissi morire per averlo appena spinto nelle braccia di un'altra, sapevo di non poter fare altrimenti.

«Andiamo?»

Ripresi a camminare, il cuore pesante e un magone in gola.

Le strade erano deserte, illuminate dalla luce fioca dei lampioni di città; nessuno parlò più, almeno fino a quando non fummo sotto il portone di casa mia.

«Grazie di avermi accompagnata».

«Grazie per questo pomeriggio».

«Di nulla, figurati».

«La settimana prossima potremmo replicare, che ne pensi?»

Sollevai la schiena, poggiandomi al corrimano lì vicino, presa in contropiede.

«Mi piacerebbe molto ma avevo già preso impegni».

«Parti?»

«Torno qualche giorno in Italia, dai miei».

Lo vidi irrigidirsi. «Sicura vada tutto bene?»

«Perché?

«Hai fatto altri controlli?»

Lo fissai interrogativamente, pietrificandomi

sul posto.

«Non ti seguo».

«Il ginocchio».

Per un istante avevo temuto avesse intuito qualcosa. «Nella norma».

Mi scrutò a lungo. «Se vi fosse qualcosa, me lo diresti?»

La stessa domanda che mi aveva rivolto Ariane qualche anno addietro.

«Tu?» Assottigliai lo sguardo, restando in attesa. «Certo».

«Stesso per me». Abbassai il volto, stanca, decidendo di porre fine a quella sofferenza. «A presto, Luke».

«…»

Gli diedi le spalle, scomparendo oltre il portone d'ingresso senza dargli il tempo di replicare; non appena sentii i suoi passi farsi sempre più lontani mi lasciai scivolare contro il pavimento, la testa china e gli occhi lucidi, pregando potesse perdonarmi un giorno.

***

Mi aggiravo per la casa controllando di non aver dimenticato nulla: il trolley tra le mani, la borsa in spalla e gli occhiali da sole sulla fronte. Volsi lo sguardo alla finestra del salotto, in attesa del taxi, quando dovetti poggiarmi al tavolino lì vicino.

«Francis!»

«Non è nulla, Antonia».

«Siediti, per favore».

Presi un respiro profondo, rilassando le spalle. «È solo un capogiro».

«Sei pallida...»

«Sto già meglio, davvero». Mi sforzai di sorriderle, rassicurandola con lo sguardo. «Non ho dormito molto in questi giorni».

«...»

Portai le mani ai fianchi quando scorsi il taxi fermarsi lungo il marciapiede.

«Sarebbe meglio se rimandassi la partenza».

«Non è necessario».

«Francis...»

Abbracciai Alexandra, rimasta in disparte.

«Ci vediamo tra qualche giorno».

«Sicura non vuoi che ti raggiunga?»

Le scompigliai i capelli con fare affettuoso. «Sicura».

«Chiamami, d'accordo?»

«Promesso».

Chiusi gli occhi non appena affondai nella sua maglia; profumava di rosa.

«Fai la brava».

«Anche tu».

Una volta arrivata in aeroporto – superati i controlli – mi affrettai a prendere posto al gate, convinta di potermi finalmente riposare in attesa dell'imbarco, quando una telefonata inattesa infranse ogni speranza. «Dottoressa Evans?»

«Perdona il disturbo Francis, avrei bisogno di una cortesia».

Fui certa di aver smesso di respirare.

«Mi dica».

«Devo chiederti di posticipare la visita di un

giorno, ho avuto delle urgenze che non mi è possibile rimandare».

Volsi gli occhi al cielo, rincuorata del fatto che fosse quella la ragione della telefonata. «Nessun problema, davvero».

«Ti ringrazio molto. Quindi rimaniamo d'accordo per martedì mattina, alle nove?»

«Certo».

Feci per salutarla quando mi balenò un dubbio.

«Dottoressa Evans, mi perdoni, l'ambulatorio è lo stesso?»

Non appena la sentii imprecare soffocai uno sghignazzo pronunciato.

«Hai ragione, avrei dovuto specificarlo. Fino a fine settembre sarò nell'altro studio, terzo piano, in fondo al corridoio a destra. Da ottobre si torna alle vecchie abitudini».

«Perfetto».

«Grazie ancora, Francis».

«A lei».

Mi abbandonai a un sospiro pronunciato non appena chiusi la telefonata, convinta di potermi riposare, quando la vista tornò a farsi annebbiata; pregai solo di non svenire sulla sedia.

«Tutto bene?»

«...»

Per un momento credetti di avere le allucinazioni. «Emma?»

Mi guardava dolce. «Tieni, bevine un po'».

La fissai scettica, volgendo lo sguardo al bicchiere che teneva tra le mani.

«Non ho intenzione di avvelenarti. Acqua e zucchero».

La testa girava troppo vorticosamente per indugiare oltre perciò mi convinsi a fidarmi. «Grazie».

«Di nulla».

Restammo in silenzio per un po', seduta una accanto all'altra.

«Stai già riprendendo colore».

«Ero così cadaverica?» Sollevai lo sguardo, titubante.

«Mi hai spaventata, credevo saresti capitolata dalla sedia».

«Sono solo stanca».

Mi scrutò attenta, restando in silenzio. «E così torni in Italia?»

«Qualche giorno. Tu, invece?»

«Londra».

Annuii sommessamente consapevole che, una volta fatto scalo a Heathrow, le nostre strade si sarebbero divise.

«Emma…»

Si abbandonò contro lo schienale, in attesa.

«Sono contenta per te e Luke, dico davvero».

La vidi scrutarmi con sincero stupore; non credo si aspettasse una simile dichiarazione, specie da parte mia.

«Francis…» Mi fissava incerta, quasi faticasse a trovare le parole. «Luke non ti ha detto nulla?»

«Detto cosa?»

Scosse il capo, un sorriso amaro. «Avrei dovuto immaginarlo».

«Di che parli?»

«Non ci frequentiamo più da mesi».

Schiusi le labbra, incredula.

«Non mi amava abbastanza, non quanto te».

Ripensai a Luke, ai suoi silenzi, alle occhiate furtive con Daniel e Thomas ogni volta che si parlava di Emma, comprendendo finalmente la ragione di quell'atteggiamento tanto inconsueto.

«Emma, non…»

«So di non essere stata molto amichevole».

Trattenni il respiro, lasciandola proseguire.

«Mi dispiace, Francis, la gelosia è una brutta compagna».

Mi lasciai ricadere all'indietro, troppo basita per replicare.

«Mi domando solo…»

Sollevai il mento, incontrando i suoi grandi occhioni scuri.

«Mi chiedo solo cosa ti trattenga, Francis».

Restai in silenzio, scrutandola seria, quando iniziarono a imbarcare. «Sarà meglio andare».

«Prima tu».

«Solo se prometti di non svenire».

Soffocai una risata, osservandola divertita. «Promesso».

Nonostante non avessi mai parlato molto con Emma, nonostante la gelosia e la diffidenza iniziali, fui sinceramente contenta della sua premura, della sua voglia di buttarsi il passato alle spalle e di ricominciare daccapo in nome di una nuova amicizia, o almeno così speravo, non potendo fare a meno di sentirmi in colpa per come si era conclusa la sua relazione con Luke.

Una volta atterrate a Heathrow mi si avvicinò, porgendomi la mano. «Posso stare tranquilla?»

Ricambiai la stretta. «Grazie, Emma».

«Di nulla Francis, *fly safe*».

Nell'istante in cui le diedi le spalle presi un respiro profondo, proseguendo decisa verso lo svincolo che mi avrebbe condotta al gate, conscia di avere il suo sguardo ancora addosso.

16

«Abbiamo finito, Francis».

Mi sollevai lentamente, incontrando gli occhi della dottoressa Evans.

«Tutto bene, ci rivediamo tra sei mesi».

Mi abbandonai a un sospiro di sollievo.

«Stavo pensando…»

Corrucciai le labbra.

«Quel ragazzo di cui hai provato a parlarmi…»

«Intende Luke?»

«Già».

«Siamo buoni amici».

Mi sorrise, un'espressione dolce in volto.

«Le ho detto che abbiamo frequentato la stessa università e che adesso sta proseguendo gli studi in Medicina?»

«Me lo avevi accennato».

Seguì un breve momento di silenzio in cui mi sentii piuttosto osservata. «Qualcosa non va, dottoressa Evans?»

Mi scrutava attenta, quasi fosse a conoscenza di qualcosa di cui sembrava intenzionata a non volermi mettere al corrente.

«Nulla, solo mi sembra un tipo in gamba da come ne parli».

«Lo è».

Chiusi gli occhi non appena la sentii regalarmi un affettuoso buffetto sulla guancia. «Quando torni a New York?»

«Non prima di domenica, ne approfitterò per

trascorrere qualche giorno al mare».

«Buona idea».

Presi la borsa, avviandomi all'uscita.

«A presto».

«A presto, Francis».

Mi rivolse un ultimo sorriso per poi scomparire oltre la porta; ricordo di aver provato una sensazione sinistra, del tutto inaspettata, ma mi convinsi fosse solo una delle mie paranoie.

Nel primo pomeriggio partii per la Versilia, entusiasta all'idea di tornare in Toscana; desideravo respirare aria di mare, ammirare l'alba, sentire la sabbia sotto i piedi e la salsedine sulla pelle nuda.

Qualche giorno di vacanza mi avrebbe aiutata a svagare la mente e io, ora più che mai, ne avevo un disperato bisogno, specialmente in vista del nuovo anno accademico.

Una volta varcata la soglia di ingresso mi lasciai cadere sul letto, coprendomi gli occhi con i polsi; pensai agli avvenimenti delle ultime settimane, iniziando a viaggiare con la mente, quando – stanca – sentii la testa farsi sempre più pesante, la luce del tramonto dissolversi nel nulla e tutto intorno a me farsi silenzio.

***

Mi svegliai di prima mattina con i vestiti e le scarpe ancora indosso, i capelli arruffati e il trucco sfatto; nonostante non ne avessi alcuna voglia, mi catapultai fuori dal letto decisa a disfare le valigie, mettere in ordine, fare una doccia, un'abbondante colazione e, soprattutto, una piacevole camminata.

Prima di uscire rivolsi un'occhiata fugace allo specchio, compiaciuta del mio grazioso vestitino, per poi dirigermi in spiaggia, deserta.

Ancora non riuscivo a credere che Luke avesse troncato con Emma, non avrebbe dovuto, non per me, non quando l'avevo respinto apertamente, non quando gli avevo chiesto amicizia e null'altro. Non volevo si precludesse delle possibilità per colpa mia, non sarebbe stato giusto. Sbuffai, scuotendo la testa, quando percepii dei passi lenti e cadenzati.

«Non può essere…» Pregai di sbagliarmi ma nel momento in cui scorsi l'oggetto dei miei pensieri venirmi incontro vidi ogni speranza dissolversi come fumo al vento. «Luke…»

Mi si fermò di fronte, non molto distante, le mani in tasca, il volto stanco e serioso. «Quando pensavi di dirmelo?»

Mi era bastato specchiarmi nelle sue profonde pozze celesti, ora del color del mare in tempesta, per comprendere la ragione di quella visita inattesa.

«Non avresti dovuto saperlo». Fui schietta, diretta, forse un po' brutale; nonostante mi sentissi morire al pensiero di doverlo affrontare, sapevo di non potergli più mentire.

«Te lo ha detto Daniel?»

«Anche».

Schiusi le labbra, scrutandolo interrogativa, quando – colta da un'illuminazione improvvisa – mi abbandonai a un sospiro pronunciato.

«Emma».

«Già».

Speravo che quella benedetta ragazza avesse tenuto a freno la lingua ma, evidentemente, le mie erano state vane illusioni.

«Mi ha telefonato dopo essere atterrata a Heathrow, parlandomi del malore che hai avuto in aeroporto e del resto. Era preoccupata».

«Il resto?»

«Conosco la dottoressa Evans».

Quella rivelazione fu una vera e propria doccia fredda, tanto da lasciarmi senza fiato.

«Ha collaborato diversi anni con mio padre prima di tornare in Italia. Si può dire che mi abbia visto crescere, praticamente è un'amica di famiglia».

«...»

Gli diedi le spalle, le mani sui fianchi, pensando a quanto fosse beffardo il destino; non avrei mai immaginato che Luke – il ragazzo di cui mi ero innamorata e che avevo tentato di tenere all'oscuro di tutti i miei problemi – potesse essere tanto vicino alla verità.

«Le hai parlato?»

«L'ho incontrata un paio di giorni fa».

In quel momento compresi l'atteggiamento inconsueto della dottoressa Evans durante la mia ultima visita: gli sguardi incerti, i silenzi, le frasi a metà.

«Antonia lo sa?»

«Lei e Alexandra l'hanno scoperto poco più di un mese addietro, insieme a Daniel. Neanche Ariane ne era al corrente».

Vidi Luke annullare ogni distanza.

«Perché non mi hai detto nulla?»

«Lo sai già».

«Voglio sentirlo da te».

Chiusi gli occhi, inebriandomi del suo profumo agrodolce.

«È meglio così».

«Meglio per chi?»

«Per entrambi».

Ancor prima di rendermene conto mi sentii afferrare per le spalle, tanto dolcemente quanto con fermezza.

«Non credi spetti anche a me decidere?»

Questa volta sarebbe stato più difficile persuaderlo; il suo sguardo era sofferente ma, allo stesso tempo, fermo e determinato.

Erano state diverse le occasioni in cui avevo potuto osservare da vicino quegli occhi infuocati, pieni di grinta e di combattività; quando Luke si convinceva di qualcosa diventava un'impresa ardua fargli cambiare idea, perciò avrei dovuto fare appello a tutta la mia caparbietà per indurlo a desistere.

«No, non in questo caso».

«Non puoi scegliere per me, Francis».

«Se può servire a proteggerti, sì».

Mi scrutò per un tempo infinito, gli occhi lucidi, il volto pallido e gli zigomi solcati, quando lo sentii accostare la fronte alla mia. «Perché non mi hai detto nulla?»

«Perché non mi hai detto di Emma?»

«Avrebbe avuto senso?»

Affondai il volto contro la sua spalla, stanca.

248

«Testardo».

«Non ti lascerò andare, non di nuovo».

«Che intendi dire?»

Mi prese la mano, portandola al polsino che era solito indossare; l'avevo notato fin dal nostro primo incontro e non vi era stata occasione in cui se ne fosse separato, nemmeno il giorno della laurea.

«Luke…» Sfiorai la superficie in cuoio specchiandomi nelle sue profonde pozze cerulee, una sensazione infausta all'altezza del cuore. «Ti prego, no…» Glielo tolsi, scoprendo un braccialettino in tela uguale al mio. «Non…» Arretrai di qualche passo, lasciando penzolare le braccia lungo i fianchi mentre iniziavo a mettere insieme i pezzi di un puzzle di cui non mi ero mai resa conto: gli sguardi di Luke fin dal nostro primo incontro, il suo volermi stare accanto, le occhiate furtive tra lui e Daniel, il silenzio di mia madre il giorno della laurea. Dovetti fare uno sforzo immane per non capitolare a terra nel momento in cui mi decisi a pronunciare il nome che per anni aveva affollato i miei pensieri. «David?» Avevo abbassato lo sguardo, portando una mano alla bocca.

«Francis…»

«Dimmi che non è vero». Inspirai profondamente, inumidendo le labbra.

«Da piccolo mi hanno sempre chiamato David, il mio secondo nome».

«Ma il tuo cognome era Robinson».

Mi scrutò intensamente, gli occhi arrossati.

«Quando i miei si separarono presi il cognome di mia madre».

«…»

Portai le mani dietro la nuca, delirante. «Chi sei, Luke?»

Lo fissai per interminabili secondi, la rabbia in corpo.

«Chi sei veramente?»

«Luke David Thomson».

«Perché non mi hai mai detto niente?»

Le lacrime presero a scorrere ancor prima di rendermene conto; in quel frangente riuscii solo a maledire il mio scarso spirito di osservazione, la mia ingenuità e la mia superficialità.

«Mi dispiace, Francis».

Strinsi i pugni, affondando le unghie nei palmi delle mani.

«Avrei voluto parlartene, Dio solo sa quanto, ma non era mai il momento giusto». Abbassò lo sguardo. «Volevo che mi stessi accanto per il ragazzo che ero diventato e non per il bambino che avevi conosciuto».

Mi abbandonai a un sospiro pronunciato, asciugandomi il volto. «Quindi Daniel…»

«Non essere arrabbiata con lui, gli ho chiesto di non fartene parola perché avrei voluto essere io a dirtelo».

«Quando?»

«L'ultima estate che abbiamo trascorso assieme, qui in Versilia, prima che Ariane…» Fece qualche passo nella mia direzione.

«Ma abbiamo finito col discutere e ho deciso di lasciar perdere. Non l'avresti mai saputo».

«A quanto pare nessuno di noi è stato del tutto sincero».

«...»

Volsi lo sguardo a terra, fissando un punto indefinito con apparente apatia, pensando a come quelle parole non potessero essere più vere. Seppur con le migliori intenzioni Ariane, Luke, Daniel e io per prima non avevamo fatto altro che raccontarci un mucchio di fandonie: un gruppo di bugiardi esperti.

«E adesso?»

Ero stanca, stanca della maschera che avevo indossato per anni, stanca di menzogne e bugie, seppur dette a fin di bene.

Avevo pensato così tante volte a David da non riuscire a credere di averlo sempre avuto accanto, al pari di un angelo custode, pronto a vegliare su di me in maniera costante e continua.

Luke continuò a scrutarmi intensamente quando mi prese la mano, facendo combaciare i polsi.

«Ricordi quando eravamo bambini?»

«Mi arrivavi alla spalla, non eri molto alto».

Aumentò la presa, così da farmi avvicinare al suo volto angelico. «Dovevi sempre avere l'ultima parola e mi facevi fare le cose più impensabili. Era impossibile dirti di no con quei grandi occhioni verdi ed eri adorabile anche con il broncio. La prima volta che ti ho vista indossavi un prendisole biancastro e un buffo cappello di paglia, per non parlare degli occhiali da sole di tua madre».

«Te ne ricordi ancora?»

«E non sei cambiata affatto».

«Vuoi dire che sono ancora dispotica?»

«Più o meno».

«Non è vero».

«Potremmo non discutere?»

«Potresti non contraddirmi?»

Chiuse gli occhi, affondando contro la mia guancia.

«Ci sei sempre stata, tu e nessun'altra. La mia Francis Johnson, quella ragazza dal sorriso dolce e dal carattere indomito, la stessa bambina di qualche estate fa».

Non avevo più la forza né la volontà di oppormi, mi sentivo svuotata, rassegnata di fronte a tutta quella cocciutaggine; David era un ricordo del passato, dolce e nostalgico, mentre Luke era il presente e, anche se non avessi scoperto essere lo stesso bambino di tanti anni addietro, non avrei potuto non innamorarmene.

Era sfacciato quanto dolce, riflessivo e intraprendente, sensibile e, quando necessario, freddo. Più maturo di tanti altri nostri coetanei aveva testa e, soprattutto, cuore; un'anima rara, di quelle che si leggono nei libri o si vedono nei film, appartenente a un altro mondo.

«Il prossimo controllo è tra sei mesi».

«…»

Luke mi prese il volto tra le mani, catturando le mie labbra in quello che potrei definire un bacio lento e profondo, desiderato da tempo.

Lo sentii spingere, stringendomi a sé in maniera disperata mentre mi solleticava le gote con le dita, provocandomi piccoli ma intensi brividi di piacere lungo tutto il corpo.

Quando si staccò per riprendere fiato mi specchiai nelle sue pozze cerulee, il respiro corto e irregolare.

«Luke…»

Sentii la testa girare, tanto da dovermi aggrappare alle sue spalle per non capitolare a terra.

«Che stai facendo?»

«Ti guardo».

«Così mi imbarazzi».

«Davvero?»

«Sfacciato».

E pensare che Luke mi guardava così da anni.

«Stavo pensando…»

Lo scrutai interrogativa, cercando di immaginare cosa avesse in mente quando, malizioso, mi prese per la vita, trascinandomi in mare.

«No Luke, ti prego!»

Nonostante avessi paura, decisi di permettere a quell'indomito ragazzo di camminare al mio fianco, come da bambini, ripensando alle parole di Ariane e a quella promessa fatta su un misero letto d'ospedale, ignorata per troppo tempo.

Lasciai che si abbattesse ogni barriera, sprofondando in quelle acque azzurre e cristalline che avevo sognato per molte notti, tornando agli anni dell'infanzia, della spensieratezza e della spontaneità, dei tramonti infuocati, delle albe fiammeggianti e dei primi batticuori, gli anni in cui avevo conosciuto la felicità senza rendermene conto.

EPILOGO

Per quanto fatichi a capacitarmene sono già trascorsi tre anni da quel giorno sulla spiaggia; ad oggi, in costante avvicinamento ai trenta, lascio alle spalle due lauree, un master, altre due operazioni e una serie di lavori in un paio di multinazionali che non rimpiango ma confesso essersi rivelati al di sotto delle aspettative. Luke ha invece concluso la scuola di medicina per dare inizio alla specializzazione, barcamenandosi tra tirocini e nuovi corsi di studio, insieme a Thomas.

Anche Ale e Daniel hanno dovuto scontrarsi col mondo del lavoro, fatto più di squali che di pesci rossi; ognuno di noi prosegue a farsi spazio nella società, nella speranza di costruire il proprio angolo di paradiso.

Sorrido nello scorgere l'oggetto del mio affetto più profondo venirmi incontro con andatura rilassata; Luke non ha ancora smesso di guardarmi con la stessa intensità di quando eravamo bambini e con lo stesso scintillio negli occhi di quando eravamo compagni di università.

È solito osservarmi silenzioso, vegliando su di me come un angelo custode; l'ha sempre fatto e spero continui a farlo, come io con lui.

«Ehi…»

Tiene in braccio una bambina dai grandi occhi chiari e dalla folta chioma scura, dalle guance morbide e dalle labbra rossastre.

«Ciao Ariane». Mi avvicino, solleticandole la

gota purpurea, quando mi sorride, sciogliendomi il cuore come solo i bambini sanno fare.

«Cresce troppo in fretta».

«Ha solo due anni, Ale».

«Appunto, non posso credere sia già passato così tanto tempo. Sembrava ieri quando aveva un paio di mesi».

Mi accosto alla sua spalla, lasciandole un bacio sulla guancia. «Non pensarci».

«Forse è meglio».

Solletico la fronte della piccola Ariane, inspirandone il profumo dolce e inebriante, quando scorgo il mio migliore amico osservarmi sorridente; non credo di averlo mai visto tanto raggiante.

Era strano pensare a Daniel come padre di famiglia, ma solo perché non avevo mai riflettuto sulla possibilità di costruirne una; quando Ale mi disse di essere incinta mi resi effettivamente conto di come stessimo crescendo, sempre più protesi verso l'età adulta, l'età delle responsabilità e delle grandi scelte.

«Non avrete intenzione di rimanere qui tutta la sera?»

Antonia ci fissa sconsolata in compagnia di mia madre, poco più dietro.

«Ancora qualche istante o ci perderemo il tramonto».

«Vi aspettiamo dentro».

«D'accordo».

Nonostante il tempo sia un alleato prezioso e mitighi il dolore, proprio non riesco a non immaginare la figura della mia migliore amica stagliarsi sulla spiaggia con i suoi lunghi boccoli biondi, i grandi occhioni azzurri e il volto lentigginoso.

«Se solo Ariane…» Ale pare avermi letto nel pensiero.

«Non temere…» Sorrido dinnanzi al battito d'ali d'una farfalla biancastra, ricordando la mia ultima estate con Ariane, il vento tra i capelli e il dolce fruscio delle onde che si infrangono a riva.

«Lei sa».

RINGRAZIAMENTI

Il mio primo grazie va alla famiglia, quel luogo che sa di infanzia e di maturità, di crescita e di insegnamenti: a lei devo i miei sorrisi più grandi.

Un secondo grazie, altrettanto speciale e doveroso, va all'amicizia, che nutre la mia anima; a coloro che non hanno mai smesso di volermi bene e sostenermi, dimostrando che l'amicizia – quella vera – resiste al tempo, alla distanza e al silenzio.

In ultimo, ma non per questo meno meritevole di importanza, vorrei esprimere la mia infinita gratitudine a Erica Surace, colei che ha creduto in me fin dal principio senza remora alcuna, dandomi la possibilità di realizzare un sogno tenuto nel cassetto per troppo tempo.

Semplicemente, grazie.

BIOGRAFIA DELL'AUTRICE

Mi chiamo Francesca Riva. Ho una laurea in Economia e Commercio, una seconda laurea in Finanza e, attualmente, ricopro un ruolo da analista finanziario.

Nonostante l'amore per i numeri e la matematica, ho sempre avuto la passione per la scrittura, fin dai tempi del liceo classico, un interesse rafforzatosi ancor di più nel corso di questi ultimi anni. Ma non sono tutta libri e studio. Suono il pianoforte e amo la fotografia, nonché la danza classica che ho praticato per più di vent'anni e grazie alla quale ho sviluppato disciplina, pazienza, combattività e spirito di sacrificio.

C'è una massima che mi ha sempre affascinata: "Se puoi sognarlo, puoi farlo".

WOMEN PLOT

Quanti volumi nella nostra biblioteca sono opera di donne? Probabilmente pochi, infatti quando vogliamo acquistare un libro ci si rende subito conto di un certo gap di genere, gap confermato dai dati nazionali.

Un'analisi del settore editoriale mostra inoltre forti asimmetrie sia nella distribuzione dei ruoli che nell'assegnazione dei premi agli scrittori, nonostante le donne ottengano risultati migliori nell'istruzione e nella formazione e frequentino librerie e biblioteche con maggiore assiduità degli uomini.

Women Plot è un *publisher* internazionale e una *media company* che ambisce a ridurre le disuguaglianze di genere nell'editoria e nell'industria dei media condividendo storie di donne vere.

Come autrice, Erica, la *founder*, ha capito quanto sia ineguale il sistema: ogni donna che desidera avere successo nel mondo della scrittura è consapevole che ci siano ostacoli unici per raggiungere questo successo. È chiaro che esiste un pregiudizio di genere nelle case editrici e nel mondo dei libri. Perché non provare qualcosa di radicale?

Women Plot vuole condividere storie di donne autentiche e stimolanti mentre coinvolge la comunità con eventi, club del libro virtuali e molto altro ancora.

La nostra visione è quella di diventare il punto di riferimento per acquistare libri che supportano il lavoro delle donne e riducono consapevolmente la disuguaglianza di genere.

Sapendo tutto questo, possiamo cercare di lavorare responsabilmente per la diminuzione del divario di genere e per sostenere attivamente un cambiamento culturale verso la definitiva parità di genere.

INDICE

WOMEN PLOT
WOMEN STORIES THAT INSPIRE